每逢我架起了脚看报或吃酒的时候，它们爬到我的两只脚上，一高一低，一动一静，别人看见了都要笑。

——丰子恺

落红不是无情物 化作春泥更护花

颂芳兄 雪湖弟 雅贵

丰子恺画

搬一次家如生一场病，好久好久才能苏息过来，又好久好久才能习惯下来。

——梁实秋

春色滿園關子住

德冕先生 雅屬

戊子早春 子愷畫

家常酒菜，一要有点新意，二要省钱，三要省事。偶有客来，酒渴思饮。主人卷袖下厨，一面切葱姜，调佐料，一面仍可陪客人聊天，显得从容不迫，若无其事，方有意思。

——汪曾祺

落江不是無情物/化作春泥更護花

懷琴先生 雅屬

子愷畫

　　原来小朋友最爱猫，和它厮伴半天，也不厌倦，甚至被它抓出了血也情愿。因为他们有一共通性：活泼好动。女孩子更喜欢猫，逗它玩它，抱它喂它，劳而不怨。因为她们也有个共通性：娇痴亲昵。

——丰子恺

且勿论都会的生活与山水间的生活孰优孰劣，孰利孰弊。人生随处皆不满，欲图解脱，唯于艺术中求之。

——丰子恺

姊之新娘子 弟之新官人
姊之做媒人 子愷畫

　　近来心机一转，去买了些《芥子园》《三希堂》等画谱来，在开始学画了；原因是想靠了卖画，来造一所房子，万一画画，仍旧是不能吃饭，那么至少至少，我也可以画许多房子，挂在四壁，给我自己的想象以一顿醉饱，如饥者的画饼，旱天的画云霓。

——郁达夫

　　它要是高兴，能比谁都温柔可亲：用身子蹭你的腿，把脖儿伸出来要求给抓痒。或是在你写作的时候，跳上桌来，在稿纸上踩印几朵小梅花。

——老舍

苍苍竹林寺
过门相觅醉相扶
朱门日日教歌舞
苍野无邻有酒徒
青惯家此乐也

子恺

　　若有一个或几个知心的好友来聊天儿，便如节日一般，无心再弯腰弓背地去写什么小说。前者比后者有趣且有味得多。"花间一壶酒"的时候少，陋室之中几碗打卤面的时候多；各自捧了碗寻定位置，都把面条吸得震响，且吃且聊，谈着自己的快乐，诉着自己的悲哀，也说些不着边际的梦想，再很现实地续一碗面并叹一口气。

——史铁生

养猫
一只爱你的

史铁生
梁实秋 等——著

北京联合出版公司
Beijing United Publishing Co.,Ltd.

图书在版编目（CIP）数据

养一只爱你的猫 / 史铁生等著. -- 北京 ： 北京联
合出版公司，2024. 8.（2025. 1重印） -- ISBN 978-7-5596-7762-4

Ⅰ. I267

中国国家版本馆CIP数据核字第2024KA7761号

养一只爱你的猫

著　　者：史铁生　等
出 品 人：赵红仕
责任编辑：周　杨
封面设计：吉冈雄太郎

北京联合出版公司出版
（北京市西城区德外大街83号楼9层　100088）
北京时代华语国际传媒股份有限公司发行
唐山富达印务有限公司印刷　新华书店经销
字数180千字　880毫米×1230毫米　1/32　8印张
2024年8月第1版　2025年1月第4次印刷
ISBN 978-7-5596-7762-4
定价：58.00元

目录

第一辑

突然间，只想过简单安静的生活

闲居　丰子恺 —————— 002

有钱最好　老舍 —————— 005

搬家　梁实秋 —————— 008

搬家　萧红 —————— 012

搬家　老舍 —————— 016

清心　蔡澜 —————— 019

住所的话　郁达夫 —————— 021

山水间的生活　丰子恺 —————— 025

移家琐记　郁达夫 —————— 028

雅舍　梁实秋 —————— 033

住的梦　老舍 —————— 036

养一只
爱你的猫

第三辑

给自己买花，
陪自己长大

朱砂梅与百合　汪曾祺 —— 080

寂寞　蔡澜 —— 081

梨花　许地山 —— 083

海棠花下　冰心 —— 084

牵牛花　叶圣陶 —— 086

天南地北的花　冰心 —— 088

昆明的花　汪曾祺 —— 092

养花　老舍 —— 097

不知有花　张晓风 —— 099

恋爱　蔡澜 —— 102

第二辑

可爱就爱，养一只爱自己的猫

白象　丰子恺 —— 040

猫　靳以 —— 044

白猫王子七岁　梁实秋 —— 050

猫　夏丏尊 —— 053

生活与猫　靳以 —— 060

猫　老舍 —— 064

阿咪　丰子恺 —— 067

猫　郑振铎 —— 071

我喜爱小动物　冰心 —— 076

前回我骂一个学生为恋爱问题读书不努力，
今天才知道我自己也一样　闻一多——130

将你要写的话写在书上，等我回来看！
好不好？　瞿秋白——133

我有时是迷醉的，
有时是解脱的　庐隐——136

我记得你那句总陪着我的话，
我虽一个人也不害怕了　鲁迅·许广平——139

第四辑

爱是一个人的事情，
爱就是了

生活的孤独并非寂寞，而灵魂的孤独无助
才是寂寞　朱生豪 —— 106

只要我们灵魂合成了一体，就满足了我们
最高的心愿　徐志摩·陆小曼 —— 115

我生平没有尝到这种滋味，很害怕真会整个儿
变成你的俘虏　朱自清 —— 123

希望你对我的心能够长此热烈过去，
纯粹过去　郁达夫 —— 125

你要买个软枕头，
看过我的信就去买　萧红 —— 127

第六辑

看书、喝茶、晒太阳，
一个人放肆欢喜

玩　蔡澜 ——— 174

初冬浴日漫感　丰子恺 ——— 176

怎样使我们生活丰富？　宗白华 ——— 180

读书　老舍 ——— 183

煎茶　周树人 ——— 187

喝茶　鲁迅 ——— 188

吃茶　周作人 ——— 190

喝茶记事　陈忠实 ——— 191

青年烦闷的解救法　宗白华 ——— 196

学会艺术的生活　丰子恺 ——— 200

快乐　蔡澜 ——— 203

养一只
爱你的猫

第五辑

做自己喜欢吃的饭，一个小方桌一荤一素

做饭　汪曾祺 —————148

买菜的艺术　蔡澜 —————151

家常菜　周作人 —————153

白灼　蔡澜 —————154

蟹　梁实秋 —————156

天下第一的豆腐　周作人 —————159

蔡家蛋粥　蔡澜 —————160

萝卜汤的启示　梁实秋 —————162

藕的吃法　周作人 —————164

家常酒菜　汪曾祺 —————165

饺子　梁实秋 —————170

第七辑

我喜欢生命本来的样子，
我的生死观

我最初的人生思索　冯骥才 —— 206

人生有何意义　胡适 —— 212

乐观　蔡澜 —— 214

快活得要飞了　老舍 —— 216

惟其是脆嫩　林徽因 —— 219

交流·理解·信任·贴近　史铁生 —— 222

我已经七十五岁了，我还有理想　冯骥才 —— 224

佛无灵　丰子恺 —— 228

超越死亡　蔡澜 —— 233

我不是狂妄，我只是自信　雪漠 —— 235

突然间，
只想过简单安静的生活

闲居，在生活上人都说是不幸的，但在情趣上我觉得是最快适的了。假如国民政府新定一条法律，"闲居必须整天禁锢在自己的房间里"，我也不愿出去干事，宁可闲居而被禁锢。

闲居

丰子恺

闲居，在生活上人都说是不幸的，但在情趣上我觉得是最快适的了。假如国民政府新定一条法律，"闲居必须整天禁锢在自己的房间里"，我也不愿出去干事，宁可闲居而被禁锢。

在房间里很可以自由取乐；如果把房间当作一幅画看的时候，其布置就如画的"置陈"了。譬如书房，主人的座位为全局的主眼，犹之一幅画中的 middle point（中心点），须居全幅中最重要的地位。其他自书架、几、椅、藤床、火炉、壁饰、自鸣钟，以至痰盂、纸篓等，各以主眼为中心而布置，使全局的焦点集中于主人的座位，犹之画中的附属物、背景，均须有护卫主物、显衬主物的作用。这样妥帖之后，人在里面，精神自然安定、集中而快适。这是谁都懂得、谁都可以自由取乐的事。虽然有的人不讲究自己的房间的布置，然走进一间布置很妥帖的房间，一定谁也觉得快适。这可见人人都会鉴赏，鉴赏就是被动的创作，故可说这是谁也懂得、谁也可以自由取乐的事。

我在贫乏而粗末的自己的书房里，常常欢喜做这个玩意儿。把几件粗陋的家具搬来搬去，一月中总要搬数回。搬到痰盂不能移动一寸，脸盆架子不能旋转一度的时候，便有很妥帖的位置出现了。那时候我自己坐在主眼的座上，环视上下四周，君临一切。觉得一切都朝宗于我，一切都为我尽其职司，如百官之朝天，众星之拱北辰。就是墙上一只很小的钉，望去也似乎居相当的位置，对全体为有机的一员，对我尽专任的职司。我统御这个天下，想象南面王的气概，得到几天的快适。

有一次我闲居在自己的房间里，曾经对自鸣钟寻了一回开心。自鸣钟这个东西，在都会里差不多可说是无处不有、无人不备的了。然而它这张脸皮，我看惯了真讨厌得很。罗马字的还算好看；我房间里的一只，又是粗大的数学码子的。数学的九个字，我见了最头痛，谁愿意每天做数学呢！

有一天，大概是闲月中的闲日，我就从墙壁上请它下来，拿油画颜料把它的脸皮涂成天蓝色，在上面画几根绿的杨柳枝，又用硬的黑纸剪成两只飞燕，用浆糊粘住在两只针的尖头上。这样一来，就变成了两只燕子飞逐在杨柳中间的一幅圆额的油画了。凡在三点二十几分，八点三十几分等时候，画的构图就非常妥帖，因为两只飞燕适在全幅中稍偏的位置，而且追随在一块，画面就保住均衡了。辨识时间，没有数目字也是很容易的：针向上垂直为十二时，向下垂直为六时，向左水平为九时，向右水平为三时。这就是把圆周分为四个 quarter（一刻钟），是肉眼也很容易办到的事。一个 quarter 里面平分为三格，就得长针五分钟的距离了，虽不十分容易正确，然相差至多不过一两分钟，只要不是天文台、电报局或火车站里，人家家里上下一两分钟本来是不要紧的。倘眼睛锐利一点，看惯之后，其实半分钟也是可以分明辨出的。这自鸣钟现在还挂在我的房间里，虽然惯用之后不甚新颖了，然终不觉得讨厌，因为它

在壁上不是显明的实用的一只自鸣钟，而可以冒充一幅油画。

除了空间以外，闲居的时候我又喜欢把一天的生活的情调来比方音乐。如果把一天的生活当作一个乐曲，其经过就像乐章（movement）的移行了。一天的早晨，晴雨如何？冷暖如何？人事的情形如何？犹如第一乐章的开始，先已奏出全曲的根柢的"主题"（theme）。一天的生活，例如事务的纷忙，意外的发生，祸福的临门，犹如曲中的长音阶［大音阶］变为短音阶［小音阶］的，C调变为F调，adagio（柔板）变为allegro（快板）；其或昼永人闲，平安无事，那就像始终C调的andante（行板）的长大的乐章了。以气候而论，春日是孟檀尔伸［门德尔松］（Mendelssohn），夏日是裴德芬［贝多芬］（Beethoven），秋日是晓邦［肖邦］（Chopin）、修芒［舒曼］（Schumann），冬日是修斐尔德［舒伯特］（Schubert）。

这也是谁也可以感到、谁也可以懂得的事。试看无论什么机关里、团体里，做无论什么事务的人，在阴雨的天气，办事一定不及在晴天的起劲、高兴、积极。如果有不论天气、天天照常办事的人，这一定不是人，是一架机器。只要看挑到我们门头来卖臭豆腐干的江北人，近来秋雨连日，他的叫声自然懒洋洋地低钝起来，远不如一月以前的炎阳下的"臭豆腐干！"的热辣了。

有钱最好

老舍

既是苦命人，到处都得受罪。穷大奶奶逛青岛，受洋罪；我也正受着这种洋罪。

青岛的青山绿水是给诗人预备的，我不是诗人。青岛的洋楼汽车是给阔人预备的，我有时候袋里剩三个子儿。享受既然无缘，只好放在一边，单表受罪。

第一先得说房。大小不拘，这里的房全是洋式。由房东那方面看，租钱不算多；由住房儿的看，像我这样的人，简直一月月的干给房钱赶网。吃也不算贵，喝也不算贵；房没有贱的。房既然贵，自然住不起一整所儿，所以大多数的楼房是分租，一层儿两三间房租给一家。住楼上的呢，得上下跑腿；而且费煤，因为高处得风，墙又不厚。住楼下的，自然省了脚，也较比的暖一点，可是乐不抵苦。您别看大家都洋服啷当儿的，讲到公德心，青岛的人并不比别处的文明。楼的建筑根本是二五八，楼板也就是一寸来厚，而楼上的人们，绝不会想到楼下还有人。希望大家铺地毯，未免所求过奢；能垫上点席子的便很难得。要赶上楼上有那么七八个孩子，那就蛤蟆垫桌腿儿，死挨。人家能把楼板踩得老忽闪忽闪地动，时时有塌

下来的可能。自然没人能管住小孩不走不跳，可是能够做到的也没人做。比如说椅子腿上包点布，或者不准小孩拉椅子，这很容易办吧？哼，没那回事。你莫名其妙楼上怎会有那么多椅子，更不知道为什么老在那儿拉。你晓得楼上拉椅子多么难听，它钻脑子，叫人想马上自杀。可是谁叫你住楼下呢！你乘早不用去请求，住楼上的理直气壮。"哟，我们的孩子会闹？那可奇怪！拉椅子？我们的小孩可就是喜欢拉椅子玩。在楼上踢毽？可不是，小孩还能不玩？"楼上的人都这么和气而且近情近理。你只有一条路，搬家。

搬吧，都调查好了，同楼的小孩少，大人也规矩，你很喜欢。过去一看，院里有八条狗！青岛是带洋派的地方，讲究养狗。可是养狗的人想不起去遛遛它们，狗屎全摆在院中。狗名儿都是洋的，什么济美、什么邦走；敢情洋名的狗拉洋屎，也是臭的。济美们还叫呢，要赶上你要睡会儿觉，或是孩子刚睡着，人家才叫得凶呢。

还得搬哪！这回可好，没有小孩，也没有狗。早晨七点来钟，人家唱上了。青岛的京戏最时兴。早晨唱过了，那敢情不过是喊喊嗓子。大轴子是在晚上，胡琴拉着，生末净旦丑俱全，唱开了没头儿。唱得好听的自然不是没有哇；叫人想自杀的也不少。你怎办？还得搬家。

搬一回家，要安一回灯，挂一回帘子，洋房吗。搬一回家，要到公司报一回灯，报一回水，洋派吗。搬一回家，要损失一些东西，损失一些钱，洋罪吗。

好房子有哇，也得住得起呀。算了吧，房子够了。

带洋字的，还就是洋车好，干净，雨布风帘也齐全，可就是贵。一上车就是一毛钱，稍微远那么一点就得两毛。我的办法是不坐。这有点对不起"车友"们，可是有什么办法呢？自行车也不好骑，净是山路，坡得要命。最好是坐汽车，其次就是走，据我看。汽车呢，连那个喇叭咱也买不起；即使勉强地买个喇叭，不是还得自己走路；干脆，咱走就是了。青岛的空气却是不坏，可惜脚受点委屈！

关于食，没有什么可说的。饭馆子不少，中菜西菜都有。价钱都可以的，所以咱还是消极抵抗，不吃。自己家里做菜倒不贵，鱼虾现成，而且新鲜。别的肉类菜蔬也说不上贵来；吃饱了拉倒，这倒好办。馋了呢？活该！

穿，随便。青年人多数穿洋服，也很有些穿得很讲究的。咱向来不讲究穿，给它个不在乎。这占了已结婚的便宜。设若正在"追求"期间，我想我也得多一份洋罪。不穿洋服，可是我天天刮胡子，这一来是耍洋派，二来表示我并不完全不怕太太。完全不怕太太的人不易发财，真的！

说到了玩，此地没有什么游艺场。此地根本是个避暑的所在，成年价在这儿住，当然是别扭。京戏偶尔来几个名角，戏价总要两三块，咱犯不上去。平日呢，老有蹦蹦戏，听着又不过瘾。电影院有几处，夏天才来好片子；冬天只是对付事儿，我假装地避宿，赶到惊蛰再去，也还不迟。公园真好，道路真好，海岸真好，遇上晴天我便去走，既不用花钱，而且接近了自然。在别方面受的罪，由这个享受补过来，这叫做穷欢喜。

总起来说，青岛不是个坏地方，官员们也真卖力气建设。所谓洋罪，是我的毛病，穷。假若我一旦发了财，我必定很喜欢这里。等着吧，反正咱不能穷一辈子。

搬家

梁实秋

有人讥笑我，说我大概是吃了耗子药，否则怎么会五年之内搬了三次家。搬家是辛苦事。除非是真的家徒四壁，任谁都会蓄积一些弃之可惜留之无用的东西，到了搬家的时候才最感觉到累赘。小时候师长就谆谆告诫不可暴殄天物，常引陶侃竹头木屑的故事为例，所以长大了之后很难改除收藏废物的习惯，日积月累，满坑满谷全是东西。其中一部分还怪不得我，都是朋友们的宠锡嘉贶，有些还真是近似"白象"，也不管蜗居逼仄到什么地步，一头接着一头的"白象"接踵而来，常常是在拜领之后就进了储藏室或是束之高阁。到了搬家的时候，陈谷子烂芝麻一齐出仓，还是哪一样都舍不得丢。没办法，照搬。我认识一个人，他也是有这个爱惜物资的老毛病，当年他到外国读书，订购牛奶每天一瓶，喝完牛奶之后觉得那瓶子实在可爱，洗干净之后通明透剔，舍不得丢进垃圾桶，就放在屋角，久而久之成了一大堆，地板有压坏之虞，无法处理，最后花一笔钱才请人为之清除。我倒不至于这样的痴，可是毛病也不少。别的不提，单说朋友们的来信，我照例往一只抽屉里一丢，并非庋藏，可是一抽屉一抽屉的塞得结结实实，难道搬家时也带了走？要想审阅一遍去芜存菁，那工程也很浩大，无已，硬着头皮选出少数的存留，剩下的大部分的朵云华笺最好是付之丙丁，然而那要构成空气污染也于心不忍，只好弃之，好在内中并无机密。我还听说有一位先生，每天看完报纸必定折叠整齐，一天一沓，一月一捆，久之堆积到充栋的地步，一日行经其下，报纸堆突然倒坍，老先生压在底下受伤竟至不治。

我每次搬家必定割舍许多平素不肯抛弃的东西，可叹的是旧的才去新的又来。搬一次家要动员好多人力。我小时在北平有过两次搬家的经验。大敞车、排子车、人力车，外加十个八个"窝脖儿的"，忙活十天半个月才暂告段落。所谓"窝脖儿的"，也许有人还没听说过，凡是精致的家具，如全堂的紫檀、大理石心的硬木桌椅，以至于玻璃罩的大座钟和穿衣镜，等等，都禁不得磕碰，不能用车运送，就是雕花的柜橱之类也不能上车，于是要雇请"窝脖儿的"来任艰巨。顾名思义，他的运输工具主要的就是他的脖颈。他把头低下来，用一块麻包之类的东西垫在他的脖颈上，再加上一块夹板，几百斤重的东西架在他的脖子上，他伸出两手扶着，就健步如飞地上路了。我曾察看他的脖子，与众不同，有一大块青紫的肉坟起如驼峰，是这一行业的标记。后来有所谓搬场公司，这一行就没落了。可是据我的经验，所谓搬场公司虽然扬言服务周到，打个电话就来，可是事到临头，三五个粗壮大汉七手八脚的像拆除大队似的把东西塞满大卡车、小发财，一声吆喝，风驰电掣而去，这时候我便不由得想起从前的窝脖儿的那一行业。搬一次家，家具缺胳膊短腿是保不齐的，至若碰瘪几个坑、擦掉几块漆，那是题中应有之义，可以算作是一种折旧，如果搬家也可以用货柜制度该有多好，即使有人要在你忙乱之际顺手牵羊，也将无所施其技。

养
一
只
爱
你
的
猫

　　搬一次家如生一场病，好久好久才能苏息过来，又好久好久才能习惯下来。这一切都没有什么可怨的，只要有个地方可以栖迟也就罢了。我从小到大，居住的地方越搬越小，从前有个三进五进外加几个跨院，如今则以坪计。喜乐先生给我画过一幅《故居图》，是极高明的一幅界画，于俯瞰透视之中绘出平昔宴居之趣，悬在壁上不时地撩起我的故园之思，而那旧式的庭院也是值得怀念的。如今我的家越搬越高，搬到了十几层之上，在这一点上倒是名副其实的乔迁。

　　俗话说"千金买房，万金买邻"，旨哉言也。孟母三迁，还不是为了邻居不大理想？假使孟母生于今日，卜居一大城市之中，恐怕非一日一迁不可。孟母三迁，首先是因为其舍近墓，后来迁居市傍，其地又为贾人炫卖之所，最后徙居学宫之傍，才决定安居下去。"昔孟母，择邻处"，主要是为了孩子，怕孩子受环境影响，似尚不曾考虑环境的安宁、卫生等条件。如今择邻而处，真是万难。我如今的住处，左也是学宫，右也是学宫，几曾见有"设俎豆揖让进退"之事？时常是聒之声盈耳，再不就是操场上的扩音喇叭疯狂地叫喊。贾人炫卖更是常事，如果楼下没有修理汽车的小肆之夜以继日地敲敲打打就算是万幸了。我住的地方位于台北盆地之中，四面是山，应该是有"山花如水净，山鸟与云闲"（王荆公诗）的景致，但是不，远山常为雾罩，眼前看到的全是栉次鳞比的鸽子笼。而且千不该万不该我买了一具望远镜，等到天朗气清之日向远山望去，哇！全是累累的坟墓。我想起洛阳北门外有北邙山，"北邙山头少闲土，尽是洛阳人旧墓"（王建诗），城外多少土馒头，城内多少馒头馅，亘古如斯，倒也不是什么值得特别感慨的事。不过我住的地方是傍着一条交通孔道，早早晚晚车如流水，轰轰隆隆，其中最令人心惊的莫过于丧车。张籍诗：

"洛阳北门北邙道，丧车辚辚入秋草。"

我所听到的声音不只是辚辚，于辚辚之外还有锣、鼓、喇叭、唢呐，以及不知名的敲打吹腔的乐器，有不成节奏的节奏和不成腔调的腔调。不过有一回我听出了所奏的是《苏武牧羊》。这种乐队车常不止一辆，场面大的可能有十辆八辆，南管北管、洋鼓洋号各显其能。这种大出丧、小出丧，若遇黄道吉日，一天可有几十档子由我楼下经过。有人来贺新居问我，住在这样的地方听这种声音，是不是不大吉利。我说，这有什么不吉利。想起王荆公一首五古《两山间》，其中有这样几句：

> 我欲抛山去，山仍劝我还。
> 祇应身后冢，亦是眼中山。
> 且复依山住，归鞍未可攀。

搬家

萧红

搬家！什么叫搬家？移了一个窝就是罢！

一辆马车，载了两个人，一个条箱，行李也在条箱里。车行在街口了，街车，行人道上的行人，店铺大玻璃窗里的"模特儿"……汽车驰过去了，别人的马车赶过我们急跑，马车上面似乎坐着一对情人，女人的卷发在帽檐外跳舞，男人的长臂没有什么用处一般，只为着一种表示，才遮住女人的背后。马车驰过去了，那一定是一对情人在兜风……只有我们是搬家。天空有水状的和雪融化春冰状的白云，我仰望着白云，风从我的耳边吹过，使我的耳朵鸣响。

到了：商市街 × × 号。

他夹着条箱，我端着脸盆，通过很长的院子，在尽那头，第一下拉开门的是郎华，他说："进去吧！"

"家"就这样的搬来，这就是"家"。

一个男孩，穿着一双很大的马靴，跑着跳着喊："妈……我老师搬来啦！"

这就是他教武术的徒弟。

借来的那张铁床，从门也抬不进来，从窗也抬不进来。抬不进来，真的就要睡地板吗？光着身子睡吗？铺什么？

"老师，用斧子打吧。"穿长靴的孩子去找到一柄斧子。

铁床已经站起，塞在门口，正是想抬出去也不能够的时候，郎华就用斧子打，铁击打着铁发出震鸣，门顶的玻璃碎了两块，结果床搬进来了，光身子放在地板中央。又向房东借一张桌子和两把椅子。

郎华走了，说他去买水桶、菜刀、饭碗……

我的肚子因为冷，也许因为累，又在作痛。走到厨房去看，炉中的火熄了。未搬之前，也许什么人在烤火，所以炉中尚有木炭在燃。

铁床露着骨，玻璃窗渐渐结上冰来。下午了，阳光失去了暖力，风渐渐卷着沙泥来吹打窗子……用冷水擦着地板，擦着窗台……等到这一切做完，再没有别的事可做的时候，我感到手有点痛，脚也有点痛。

这里不像旅馆那样静，有狗叫，有鸡鸣……有人吵嚷。

把手放在铁炉板上也不能暖了，炉中连一颗火星也灭掉。肚子痛，要上床去躺一躺，哪里是床！冰一样的铁条，怎么敢去接近！

我饿了，冷了，我肚痛，郎华还不回来，有多么不耐烦！连一只表也没有，连时间也不知道。多么无趣，多么寂寞的家呀！我好像落下井的鸭子一般寂寞并且隔绝。肚痛、寒冷和饥饿伴着我……什么家？简直是夜的广场，没有阳光，没有暖。

门扇大声哐啷哐啷地响，是郎华回来，他打开小水桶的盖给我看：小刀、筷子、碗、水壶，他把这些都摆出来，纸包里的白米也倒出来。

只要他在我身旁，饿也不难忍了，肚痛也轻了。买回来的草褥

放在门外，我还不知道，我问他：

"是买的吗？"

"不是买的，是哪里来的！"

"钱，还剩多少？"

"还剩！怕是不够哩！"

等他买木炭回来，我就开始点火。站在火炉边，居然也和小主妇一样调着晚餐。油菜烧焦了，白米饭是半生就吃了，说它是粥，比粥还硬一点；说它是饭，比饭还粘一点。这是说我做了"妇人"，不做妇人，哪里会烧饭？不做妇人，哪里懂得烧饭？

晚上，房主人来时，大概是取着拜访先生的意义来的！房主人就是穿马靴那个孩子的父亲。

"我三姐来啦！"过一刻，那孩子又打门。

我一点也不能认识她。她说她在学校时每天差不多都看见我，不管在操场或是礼堂。我的名字她还记得很熟。

"也不过三年，就忘得这样厉害……你在哪一班？"我问。

"第九班。"

"第九班，和郭小娴一班吗？郭小娴每天打球，我倒认识她。"

"对啦，我也打篮球。"

但无论如何我也想不起来，坐在我对面的简直是一个从未见过的面孔。

"那个时候，你十几岁呢？"

"十五岁吧！"

"你太小啊，学校是多半不注意小同学的。"我想了一下，我笑了。

她卷皱的头发，挂胭脂的嘴，比我好像还大一点，因为回忆完全把我带回往昔的境地去。其实，我是二十二了，比起她来怕是已经老了。尤其是在蜡烛光里，假若有镜子让我照下，我一定惨败得比三十岁更老。

"三姐！你老师来啦。"

"我去学俄文。"她弟弟在外边一叫她，她就站起来说。

很爽快，完全是少女风度，长身材，细腰，闪出门去。

015

搬家

老舍

　　一提议说搬家，我就知道麻烦又来了。住着平安，不吵不闹，谁也不愿搬动。又不是光棍一条，搬起来也省事。既然称得起"家"，这至少起码是夫妇两个，往往彼此意见不合，先得开几次联席会议，结果大家的主张不得不折衷。谁去找房，这个说，等我找到得几时，我又得教书，编讲义，写文章，而且专等星期去找；况且我男人家又粗心又马虎，还是你去吧。那个说，一个女人家东家进，西家出，"眼观六路耳听八方"都得看仔细，打听明白，就是看妥了，和房东办交涉也是不善，全权通交在一人身上，这个责任，确是不轻。

　　没有法子，只得第二天就去实行，一路上什么也引不起注意，就看布告牌上的招租帖，墙角上，热闹口上通都留神，这还不算。有的好房就不贴条子，也不请银行信托部来管，这可不好办。一来二去的自己有了点发现，凡是窗户上没有窗帘子，你就拍门去问。虽然看不中意，但是比较起所看的房确是强的多。

　　住惯北平的房子，老希望能找到一个大院子。所以离开北平之后，无论到天津，济南，汉口，上海，以至青岛，能找到房子带个大院子，真是少有。特别是在青岛，你能找到独门独院，只花很少的租价，就简直可说没有。除非你真有腰包，可以大大地租上座全楼。

我就不喜欢一个楼，分楼上一家，楼下一家，或是楼分四家住。这样住在楼上的人多少总是占便宜的。楼下的可就倒霉。遇见清净孩子少的还好，遇见好热闹，有嗜好的，孩子多的，那才叫活糟。而且还注意同楼是不是好养狗。这是经验告诉我，一条狗得看新养的，还是旧有的。青岛的狗种，可属全世界的了，三更半夜，嗥出的声真能吓得你半夜不能安睡。有了狗群，更不得安生，决斗声，求爱声，乳狗声，比什么声音都复杂热闹。这个可不敢领教了！

其次看同楼邻居如何：人口，年龄，籍贯，职业，都得在看房之际顺口答音的，探听清楚。比如说吧，这家是南方人，老太太是湖北的，少奶奶是四川的，少爷是在港务局做事，孩子大小三个；这所楼我虽看的还合适，房间大，阳光充足，四壁厕所厨房都干净，可是一看这家邻居，心就凉爽了。第一老太太是南方的我先怕。这并不是说对于南方的老太太有什么仇恨，而是对于她们生活习惯都合不来。也不管什么日子，黑天白日，黄钱白钱——纸钱——足烧一气，口中念念有词，我确是看不下去。再有是在门前买东西，为了一分钱，一棵菜，绝不善罢甘休买成功，必得为少一两分量吵嚷半天，小贩们脸红脖子粗地走开。少奶奶管孩子，少爷吊嗓子，你能管得着么？碰巧还架上廉价无线电，吵得你"姑子不得睡，和尚不得安"。所以趁早不用找麻烦。

论到职业上，确是重大问题。如果同楼邻居是同行，当然不必每天见面，"今天天气，哈哈哈"，或者不至于遭人白眼，扭头不屑于理"你个穷酸教书匠"，大有"道不同不相为谋"的气概。有时还特别显示点大爷就是这股子劲，看着不顺眼，搬哪！于是乎下班之后约些朋友打打小牌。越是更深人静，红中白板叫得越响，碰巧就继续到天亮，叫车送客忙了一大阵，这且不提。

你遇见这样对头最好忍受。你若一干涉，好，事情更来得重，没事先拉拉胡琴，约个人唱两出。久而久之，来个"坐打二簧"，锣鼓一齐响，你不搬家还等着什么？想用功到时候了，人家却是该玩的时候；你说明天第一堂有课，人家十时多才上班。你想着票友散了，先睡一觉，人家楼上孩子全起来了，玩橄榄球，拉凳子，打铁壶又跟上了。心中老害怕薄薄一层楼板，早晚是全军覆没，盖上木头被褥，那才高兴呢！

一封客客气气的劝告信，满希望等楼上的先生下了班，送了过去，发生点效力。一会儿楼上老妈子推门进来说，我们太太不认识字，老爷不在家，太太说不收这封信。好吧，接过来，整个丢进字纸篓里。自愧没作公安局长。

一个月后，房子才算妥当了，半年为期，没有什么难堪条件。回来对她一说，她先摇头，难道楼下你还没住够？我说，这次可担保，一定没有以前所受的流弊。房子够住，地点适宜，离学校、菜市、大街都近，而且喜欢遇到整齐的院子，又带着一个大空后院，练球，跳远，打拳都行。再说楼上只住老夫妇俩，还是教育界。她点了点头。

两辆大敞车，把所有的动产，在一早晨都搬了过去，才又发现门口正对着某某宿舍三个敞口大垃圾箱。掩鼻而过可也！

清心

蔡澜

搬家，东西太过凌乱，只有出来住酒店。现在清晨四点，对着栋壁，想写稿，但是一字不出，只能瞪那幅画作呆。

为什么每一个旅馆房中，非挂一两幅画不可呢？大多数是山水花卉鸟虫，但写意居多，工笔画很少。

酒店建立时总会请几个作画者，几百上千个房，每人负责一部分，一定要大量生产，画得多了，就偷工减料，愈来愈糊涂了，不肯工笔，反正住客的目的在于休息，或者偷情，谁有心情来看画呢？马虎一点算数。

所以变成抽象了。看的人不懂，画的人也不懂。抽象画最难，要经过严格的基本训练，写实的也画得很好，才能把形象打破，成为感觉。

但是这些所谓的画家，基本功没经检验过，就出来涂鸦，脸皮之厚，令人作呕。

即使基本功不肯去学，要踏入艺术这条路，也得有灵气呀！什么叫灵气？只能举实例来解释：小孩子的画，都有灵气，他们的思想还没被世俗污染，天才与否不要紧，总有个真字。而真，时常是

灵气的起源。

色调更能影响情绪，酒店中看到的多是灰灰暗暗的东西，令人消沉。

要不是对方特别诱人，也引不起兴趣做那一回事儿，为什么不能多点灿烂的阳光？为什么不是五颜六色的花朵？偏偏是看了不想去游玩的山水？

作画者还多数只签个名字罢了，连诗也不肯题一首。书画嘛，书行头，不懂得书法的画家，好极有限。

就算那简简单单的两个名字，像死鱼一般腥臭，蛇头鼠尾，俗不可耐。什么叫俗不可耐？与其付钱给这班半桶水，不如请一群儿童来作旅馆画，看起来清心，就算是借房间来干调皮事，也没罪恶感。

住所的话

郁达夫

自以为青山到处可埋骨的漂泊惯的流人，一到了中年，也颇以没有一个归宿为可虑；近来常常有求田问舍之心，在看书倦了之后，或夜半醒来，第二次再睡不着的枕上。

尤其是春雨萧条的暮春，或风吹枯木的秋晚，看看天空，每会作赏雨茅屋及江南黄叶村舍的梦想；游子思乡，飞鸿倦旅，把人一年年弄得意气消沉的这时间的威力，实在是可怕，实在是可恨。

从前很喜欢旅行，并且特别喜欢向没有火车飞机轮船等近代交通利器的偏僻地方去旅行。一步一步的缓步着，向四面绝对不曾见过的山川风物回视着，一刻有一刻的变化，一步有一步的境界。到了地旷人稀的地方，你更可以高歌低唱，袒裼裸裎，把社会上的虚伪的礼节，谨严的态度，一齐洗去。人与自然，合而为一，大地高天，形成屋宇，蟛蠓蚁虱，不觉其微，五岳昆仑，也不见其大。偶或遇见些茅篷泥壁的人家，遇见些性情纯朴的农牧，听他们谈些极不相干的私事，更可以和他们一道的悲，一道的喜。半岁的鸡娘，新生一蛋，其乐也融融，与国王年老，诞生独子时的欢喜，并无什么分别。黄牛吃草，嚼断了麦穗数茎，今年的收获，怕要减去一勺，

021

其悲也戚戚，与国破家亡的流离惨苦，相差也不十分远。

至于有山有水的地方呢，看看云容岩影的变化，听听大浪啮矶的音乐，应临流垂钓，或松下息阴。行旅者的乐趣，更加可以多得如放翁的入蜀道，刘阮的上天台。

这一种好游旅，喜飘泊的情性，近年来渐渐地减了；连有必要的事情，非得上北平上海去一次不可的时候，都一天天地拖延下去，只想不改常态，在家吃点精致的菜，喝点芳醇的酒，睡睡午觉，看看闲书，不愿意将行动和平时有所移易；总之是懒得动。

而每次喝酒，每次独坐的时候，只在想着计划着的，却是一间洁净的小小的住宅，和这住宅周围的点缀与铺陈。

若要住家，第一的先决问题，自然是乡村与城市的选择。以清静来说，当然是乡村生活比较得和我更为适合。可是把文明利器——如电灯自来水等——的供给，家人买菜购物的便利，以及小孩的教育问题等合计起来，却又觉得住城市是必要的了。具城市之外形，而又富有乡村的景象之田园都市，在中国原也很多。北方如北平，就是一个理想的都城；南方则未建都前之南京，濒海的福州等处，也是住家的好地。可是乡土的观念，附着在一个人的脑里，同毛发的生于皮肤一样，丛长着原没有什么不对，全脱了却也势有点儿不可能。所以三年之前，也是在一个春雨霏微的节季，终于听了霞的劝告，搬上杭州来住下了。

杭州这一个地方，有山有湖，还有文明的利器，儿童的学校，去上海也只有四个钟头的火车路程，住家原没有什么不合适。可是杭州一般的建筑物，实在太差，简直可以说没有一间合乎理想的住宅，旧式的房子呢，往往没有院子，顶多顶多也不过有一堆不大有意义的假山，和一条其实是只能产生蚊子的鱼池。所谓新式的房子呢，更加恶劣了，完全是上海弄堂洋房的抄袭，冬天住住，还可以勉强，一到夏天，就热得比蒸笼还要难受。而大抵的杭州住宅，都没有浴室的设备，公共浴场呢，又觉得不卫生而价贵。

所以自从迁到杭州来住后，对于住所的问题，更觉得切身地感到了。地皮不必太大，只教有半亩之宫，一亩之隙，就可以满足。房子亦不必太讲究，只须有一处可以登高望远的高楼，三间平屋就对。但是图书室，浴室，猫狗小舍，儿童游嬉之处，灶房，却不得不备。房子的四周，一定要有阔一点的回廊；房子的内部，更需要亮一点的光线。此外是四周的树木和院子里的草地了，草地中间的走路，总要用白沙来铺才好。四面若有邻舍的高墙，当然要种些爬山虎以掩去墙头，若系旷地，只须植一道矮矮的木栅，用黑色一涂就可以将就。门窗当一例以厚玻璃来做，屋瓦应先钉上铅皮，然后再覆以茅草。

照这样的一个计划来建筑房子，大约总要有二千元钱来买地皮四千元钱来充建筑费，才有点儿希望。去年年底，在微醉之后，将这私愿对一位朋友说了一遍，今年他果然送给了我一块地，所以起楼台的基础，倒是有了。现在只在想筹出四千元钱的现款来建造那一所理想的住宅。胡思乱想的结果，在前两三个月里，竟发了疯，将烟钱酒钱省下了一半，去买了许多奖券；可是一回一回地买了几次，连末尾也不曾得过，而吃了坏烟坏酒的结果，身体却显然受了损害了。闲来无事，把这一番经过，对朋友一说，大家笑了一场之后，就都为我设计，说从前的人，曾经用过的最上妙法，是发自己的讣闻，其次是做寿，再其次是兜会。

可是为了一己的舒服，而累及亲戚朋友，也着实有点说不过去，近来心机一转，去买了些《芥子园》《三希堂》等画谱来，在开始学画了；原因是想靠了卖画，来造一所房子，万一画画，仍旧是不能吃饭，那么至少至少，我也可以画许多房子，挂在四壁，给我自己的想象以一顿醉饱，如饥者的画饼，旱天的画云霓。这一个计划，若不至于失败，我想在半年之后，总可以得到一点慰安。

山水间的生活

丰子恺

我家迁住白马湖上后三天，我在火车中遇见一个朋友，对我这样说："山水间虽然清静，但物质的需要不便之外，住家不免寂寞，办学校不免闭门造车，有利亦有弊。"我当时对于这话就起一种感想，后来忙中就忘却了。

现在春晖在山水间已生活了近一年了，我的家庭在山水间已生活了一月多了。我对于山水间的生活，觉得有意义，又想起了火车中的友人的话。写出我的几种感想在下面。

我曾经住过上海，觉得上海住家，邻人都是不相往来，而且敌视的。我也曾做过上海的学校教师，觉得上海的繁华和文明，能使聪明的明白人得到暗示和觉悟，而使悟力薄弱的人收到很恶的影响。我觉得上海虽热闹，实在寂寞，山中虽冷静，实在热闹，不觉得寂寞。就是上海是骚扰的寂寞，山中是清静的热闹。

在火车里的几小时，是在这社会里四五十年的人生的缩图。座位被占，提包被偷等恐慌，就是生活恐慌的缩形。倘嫌山水间的生活的寂寞，而慕都会的热闹，犹之在只乘四五个相熟的人的火车里嫌寂寞，要望别的拥挤着的车子里去。如果有这样的人，他定是要

描写拥挤的车子而去观察的小说家，否则是想图利去的 pickpocket（扒手）。

我在教授图画唱歌的时候，觉得以前曾在别处学过图画唱歌的人最难教授，全然没有学过的人容易指导。同样，我觉得在社会里最感到困难的是"因袭的打破难"。许多学校风潮，许多家庭悲剧，许多恶劣的人类分子，都是"因袭的罪恶"，何尝是人间本身的不良。因袭好比遗传，永不断绝。新文化一次输入因袭旧恶的社会里，仿佛注些花露水在粪里，气味更难当。再输入一次，仿佛在这花露水和粪里再注入些香油，又变一种臭气。我觉得无论什么改造，非先除去因袭的恶弊终归越弄越坏。在山水间的学校和家庭，不拘何等孤僻，何等少见闻，何等寂寥，"因袭的传染的隔远"和"改造的容易入手"是实实在在的事实。

我从前往往听见人讲到子弟求学或职业等问题，都说："总要出上海！"听者带着一种对于将来生活的恐慌的自警的态度默应着。把这等话的心理解剖起来，里面含着这样的几个要素：（一）上海确是文明地，冠盖之区，要路津。（二）少年应当策高足，先据这要路津。（三）这就是吾人应走的前途。所谓闭门造车，也是具有这样的内容的话。怀着这样的思想的人，是因袭的奴隶，是因袭的维持者。

闭门造车，是指说不符合门外的轨道的大小，造了不能在门外的轨道上运行的车。行车一定要在已成的轨道上吗？这已成的轨道确是引导我们走正路的吗？有了车不能造轨道的吗？在这"闭门造车"一句话里，分明表示着人们的依赖、因袭，和创造力多么薄弱。

不造则已，如果要造车，一定非闭门造不可。如果依照已成的轨道而造，所造出的车子和以前已有的车子一样，就在已成的轨道上随波逐流地去了。即使已有的车子是好的，已成的轨道是正的，造车的效力也不过加多了车，不是造车的进步。何况已有的车子或者不好，已成的轨道或者不正呢。

"好久不到都会了，好久不看报了，退步了。"这样说的人也有。实在，进步是前进的意思，进步越快，离社会越远，离社会越远，进步越深（这是厨川白村说的）。子夏说道："吾过矣，吾离群而索居，亦已久矣。"这便是子夏所以为子夏。

"山水间生活，有利亦有弊"，这大概是指清静、空气新鲜、生活程度低等是利。需要不便、寂寞、闭门造车等是弊。这是要计较两方的利弊长短而取舍的意思。这话的内容和"新思想并不恶、时势变更了不得已而然的。但从前的习惯一概不好，也不能说"的话同是乡愿的话。

这话的变形，就是"凡物都有明暗两方面的"。这话固然不错。但我觉得明暗是一体的。非但如此，明是因为有暗而益明的。仿佛绘画，明调子因暗调子而益美，暗调子因明调子而也美了。断不是明面好，暗面不好。如果取明而弃暗，就是 Ruskin（罗斯金）所谓："自然像日光和阴影相交一般混合着优劣两种要素，使双方相互地供给效用和势力的。所以除去阴影的画家，定要在他自己造出来的无荫的沙漠里烧死！"

爱一物，是兼爱它的阴暗两方面。否，没有暗的明是不明的，是不可爱的。我往往觉得山水间的生活，因为需要不便而菜根更香，豆腐更肥。因为寂寥而邻人更亲。

且勿论都会的生活与山水间的生活孰优孰劣，孰利孰弊。人生随处皆不满，欲图解脱，唯于艺术中求之。

移家琐记

郁达夫

一

流水不腐，这是中国人的俗话，Stagnate Pond，这是外国人形容固定的颓毁状态的一个名词。在一处羁住久了，精神上习惯上，自然会生出许多霉烂的斑点来。更何妨洋场米贵，狭巷人多，以我这一个穷汉，夹杂在三百六十万上海市民的中间，非但汽车、洋房、跳舞、美酒等文明的洪福享受不到，就连吸一口新鲜空气，也得走十几里路。移家的心愿，早就有了；这一回却因朋友之介，偶尔在杭城东隅租着了一所适当的闲房，筹谋计算，也张罗拢了二三百块洋钱，于是这很不容易成就的戈戈私愿，竟也猫猫虎虎地实现了。小人无大志，蜗角亦乾坤，触蛮鼎定，先让我来谢天谢地。

搬来的那一天，是春雨霏微的星期二的早上，为计时日的正确，只好把一段日记抄在下面：

一九三三年四月廿五（阴历四月初一），星期二，晨五点起床，窗外下着蒙蒙的时雨，料理行装等件，赶赴北站，衣帽尽湿。携女人儿子及一仆妇登车，在不断的雨丝中，向西进发。野景正妍，除白桃花、菜花、棋盘花外，田野里只一片嫩绿，浅淡尚带鹅黄。此番因自上海移居杭州，故行李较多，视孟东野稍为富有，沿途上落：被无产同胞的搬运夫，敲刮去了不少。午后一点到杭州城站，雨势正盛，在车上蒸干之衣帽，又涔涔湿矣。

新居在浙江图书馆侧面的一堆土山旁边，虽只东倒西斜的三间旧屋，但比起上海的一楼一底的弄堂洋房来，究竟宽敞得多了，所以一到寓居，就开始做室内装饰的工作。沙发是没有的，镜屏是没有的，红木器具，壁画纱灯，一概没有。几张板桌，一架旧书，在上海时，塞来塞去，只觉得没地方塞的这些破铜烂铁，一到了杭州，向三间连通的矮厅上一摆，看起来竟空空洞洞，象煞是沧海中间的几颗粟米了。最后装上镜去的，却是上海八云装饰设计公司送我的一块石膏圆面。塑制者是江山徐葆蓝氏，面上刻出的是《圣经》里马利马格大伦的故事。看来看去，在我这间黝暗矮阔的大厅陈设之中，觉得有一点生气的，就只是这一块同深山白雪似的小小的石膏。

二

向晚雨歇，电灯来了。灯光灰暗不明，问先搬来此地住的王母以"何不用个亮一点的灯球"？方才知道朝市而今虽不是秦，但杭州一隅，也决不是世外的桃源，这样要捐，那样要税，居民的负担，简直比世界哪一国的首都，都加重了；即以电灯一项来说，每一个字，在最近也无法地加上了好几成的特捐。"烽火满天殍满地，儒生何处可逃秦？"这是几年前做过的叠秦韵的两句山歌，我听了这些话后，嘴上虽则不念出来，但心里却也私私地转想了好几次。腹诽若要加刑，则我这一篇琐记，又是自己招认的供状了，罪过罪过。

三更人静，门外的巷里，忽传来了些笃笃笃的敲小竹梆的哀音。

问是什么？说是卖馄饨圆子的小贩营生。往年这些担头很少，现在冷街僻巷，都有人来卖到天明了，百业的凋敝，城市的萧条，这总也是民不聊生的一点点的实证吧？

新居落寞，第一晚睡在床上，翻来覆去总睡不着觉。夜半挑灯，就只好拿出一本新出版的《两地书》来细读。有一位批评家说，作者的私记，我们没有阅读的义务。当时我对这话，倒也佩服得五体投地，所以书店来要我出书简集的时候，我就坚决地谢绝了，并且还想将一本为无钱过活之故而拿去出卖的日记都教他们毁版，以为这些东西，是只好于死后，让他人来替我印行的；但这次将鲁迅先生和密斯许的书简集来一读，则非但对那位批评家的信念完全失掉，并且还在这一部两人的私记里，看出了许多许多平时不容易看到的社会黑暗面来。至如鲁迅先生的诙谐愤俗的气概，许女士的诚实庄严的风度，还是在长书短简里自然流露的余音，由我们熟悉他们的人看来，当然更是味中有味，言外有情，可以不必提起，我想就是绝对不认识他们的人，读了这书，至少也可以得到几多的教训。私记私记，义务云乎哉？

从夜半读到天明，将这《两地书》读完之后，神经觉得愈兴奋了，六点敲过，就率性走到楼下去洗了一洗手脸，换了一身衣服，踏出大门，打算去把这杭城东隅的侵晨朝景，看他一个明白。

三

夜来的雨，是完全止住了，可是外貌象马加弹姆式的沙石马路上，还满涨着淤泥，天上也还浮罩着一层明灰的云幕。路上行人稀少，老远老远，只看得见一部慢慢在向前拖走的人力车的后形。从狭巷里转出东街，两旁的店家，也只开了一半，连挑了菜担在沿街赶早市的农民，都象是没有灌气的橡皮玩具。四周一看，萧条复萧条，衰落又衰落，中国的农村，果然是破产了，但没有实业生产机关，没有和平保障的象杭州一样的小都市，又何尝不在破产的威胁下战栗着待毙呢？中国目下的情形，大抵总是农村及小都市的有产者，集中到大都会去。在大都会的帝国主义保护之下变成殖民地的新资本家，或变成军阀官僚的附属品的少数者，总算是找着了出路。他们的货财，会愈积而愈多，同时为他们所牺牲的同胞，当然也要加速度地倍加起来。结果就变成这样的一个公式：农村中的有产者集中小都市，小都市的有产者集中大都会，等到资产化尽，而生财无道的时候，则这些素有恒产的候鸟就又得倒转来从大都会而小都市而仍返农村去作贫民。转转循环，丝毫不爽，这情形已经继续了二三十年了，再过五年十年之后的社会状态，自然可以不卜而知了啦，社会的症结究在那里？唯一的出路究在那里？难道大家还不明白吗？空喊着抗日抗日，又有什么用处？

　　一个人在大街上蹀着想着，我的脚步却于不知不觉的中间，开了倒车，几个弯儿一绕，竟又将我自己的身体，搬到了大学近旁的一条路上来了。向前面看过去，又是一堆土山。山下是平平的泥路和浅浅的池塘。这附近一带，我儿时原也来过的。二十几年前头，我有一位亲戚曾在报国寺里当过军官，更有一位哥哥，曾在陆军小学堂里当过学生。既然已经回到了寓居的附近，那就爬上山去看他一看吧，好在一晚没有睡觉，头脑还有点儿糊涂，登高望望四境，也未始不是一帖清凉的妙药。

　　天气也渐渐开朗起来了，东南半角，居然已经露出了几点青天和一丝白日。土山虽则不高，但眺望倒也不坏。湖上的群山，环绕在西北的一带，再北是空间，更北是湖州境内的发样的青山了。东面迢迢，看得见的，是临平山，皋亭山，黄鹤山之类的连峰叠嶂。再偏东北处，大约是唐栖镇上的超山山影，看去虽则不远，但走走怕也有半日好走哩。在土山上环视了一周，由远及近，用大量观察法来一算，我才明白了这附近的地理。原来我那新寓，是在军装局的北方，而三面的土山，系遥接着城墙，围绕在军装局的匡外的。怪不得今天破晓的时候，还听见了一阵喇叭的吹唱，怪不得走出新寓的时候，还看见了一名荷枪直立的守卫士兵。

"好得很！好得很！……"我心里在想，"前有图书，后有武库，文武之道，备于此矣！"我心里虽在这样的自作有趣，但一种没落的感觉，一种不能再在大都会里插足的哀思，竟渐渐地渐渐地溶浸了我的全身。

雅舍

梁实秋

到四川来，觉得此地人建造房屋最是经济。火烧过的砖，常常用来做柱子，孤零零地砌起四根砖柱，上面盖上一个木头架子，看上去瘦骨嶙嶙，单薄得可怜；但是顶上铺了瓦，四面编了竹篾墙，墙上敷了泥灰，远远地看过去，没有人能说不像是座房子。我现在住的"雅舍"正是这样一座典型的房子。不消说，这房子有砖柱，有竹篾墙，一切特点都应有尽有。讲到住房，我的经验不算少，什么"上支下摘""前廊后厦""一楼一底""三上三下""亭子间""茅草棚""琼楼玉宇"和"摩天大厦"各式各样，我都尝试过。我不论住在哪里，只要住得稍久，对那房子便发生感情，非不得已我还舍不得搬。这"雅舍"，我初来时仅求其能蔽风雨，并不敢存奢望，现在住了两个多月，我的好感油然而生。虽然我已渐渐感觉它是并不能蔽风雨，因为有窗而无玻璃，风来则洞若凉亭，有瓦而空隙不少，雨来则渗如滴漏。纵然不能蔽风雨，"雅舍"还是自有它的个性。有个性就可爱。

"雅舍"的位置在半山腰，下距马路约有七八十层的土阶。前面是阡陌螺旋的稻田。再远望过去是几抹葱翠的远山，旁边有高粱地，有竹林，有水池，有粪坑，后面是荒僻的榛莽未除的土山坡。若说地点荒凉，则月明之夕，或风雨之日，亦常有客到，大抵好友不嫌路远，路远乃见情谊。客来则先爬几十级的土阶，进得屋来仍须上坡，因为屋内地板乃依山势而铺，一面高，一面低，坡度甚大，客来无不惊叹，我则久而安之，每日由书房走到饭厅是上坡，饭后鼓腹而出是下坡，亦不觉有大不便处。

　　"雅舍"共是六间，我居其二。篦墙不固，门窗不严，故我与邻人彼此均可互通声息。邻人轰饮作乐，咿唔诗章，喁喁细语，以及鼾声，喷嚏声，吮汤声，撕纸声，脱皮鞋声，均随时由门窗户壁的隙处荡漾而来，破我岑寂。入夜则鼠子瞰灯，才一合眼，鼠子便自由行动，或搬核桃在地板上顺坡而下，或吸灯油而推翻烛台，或攀援而上帐顶，或在门框桌脚上磨牙，使得人不得安枕。但是对于鼠子，我很惭愧地承认，我"没有法子"。"没有法子"一语是被外国人常常引用着的，以为这话最足代表中国人的懒惰隐忍的态度。其实我对付鼠子并不懒惰。窗上糊纸，纸一戳就破；门户关紧，而相鼠有牙，一阵咬便是一个洞洞。试问还有什么法子？洋鬼子住到"雅舍"里，不也是"没有法子"？比鼠子更骚扰的是蚊子。"雅舍"的蚊风之盛，是我前所未见的。"聚蚊成雷"真有其事！每当黄昏时候，满屋里磕头碰脑的全是蚊子，又黑又大，骨骼都像是硬的。在别处蚊子早已肃清的时候，在"雅舍"则格外猖獗，来客偶不留心，则两腿伤处累累隆起如玉蜀黍，但是我仍安之。冬天一到，蚊子自然绝迹，明年夏天——谁知道我还是住在"雅舍"！

　　"雅舍"最宜月夜——地势较高，得月较先。看山头吐月，红盘乍涌，一霎间，清光四射，天空皎洁，四野无声，微闻犬吠，坐客无不悄然！舍前有两株梨树，等到月升中天，清光从树间筛洒而下，地上阴影斑斓，此时尤为幽绝。直到兴阑人散，归房就寝，月光仍然逼进窗来，助我凄凉。细雨蒙蒙之际，"雅舍"亦复有趣。推窗展望，俨然米氏章法，若云若雾，一片弥漫。但若大雨滂沱，我就又惶悚不安了，屋顶湿印到处都有，起初如碗大，俄而扩大如盆，继则滴水乃不绝，终乃屋顶灰泥突然崩裂，如奇葩初绽，砉然一声而泥水下注，此刻满室狼藉，抢救无及。此种经验，已数见不鲜。

"雅舍"之陈设，只当得"简朴"二字，但洒扫拂拭，不使有纤尘。我非显要，故名公巨卿之照片不得入我室；我非牙医，故无博士文凭张挂壁间；我不业理发，故丝织西湖十景以及电影明星之照片亦均不能张我四壁。我有一几一椅一榻，酣睡写读，均已有着，我亦不复他求。但是陈设虽简，我却喜欢翻新布置。西人常常讥笑妇人喜欢变更桌椅位置，以为这是妇人天性喜变之一证。诬否且不论，我是喜欢改变的。中国旧式家庭，陈设千篇一律，正厅上是一条案，前面一张八仙桌，一旁一把靠椅，两旁是两把靠椅夹一只茶几。我以为陈设宜求疏落参差之致，最忌排偶。"雅舍"所有，毫无新奇，但一物一事之安排布置俱不从俗。人入我室，即知此是我室。笠翁《闲情偶寄》之所论，正合我意。

"雅舍"非我所有，我仅是房客之一。但思"天地者万物之逆旅"，人生本来如寄，我住"雅舍"一日，"雅舍"即一日为我所有。即使此一日亦不能算是我有，至少此一日"雅舍"所能给予之苦辣酸甜我实躬受亲尝。刘克庄词："客里似家家似寄。"我此时此刻卜居"雅舍"，"雅舍"即似我家。其实似家似寄，我亦分辨不清。

长日无俚，写作自遣，随想随写，不拘篇章，冠以"雅舍小品"四字，以示写作所在，且志因缘。

住的梦

老舍

在北平与青岛住家的时候，我永远没想到过：将来我要住在什么地方去。在乐园里的人或者不会梦想另辟乐园吧。

在抗战中，在重庆与它的郊区住了六年。这六年的酷暑重雾，和房屋的不像房屋，使我会做梦了。我梦想着抗战胜利后我应去住的地方。

不管我的梦想能否成为事实，说出来总是好玩的：

春天，我将要住在杭州。二十年前，我到过杭州，只住了两天。那是旧历的二月初，在西湖上我看见了嫩柳与菜花，碧浪与翠竹。山上的光景如何？没有看到。三四月的莺花山水如何，也无从晓得。但是，由我看到的那点春光，已经可以断定杭州的春天必定会教人整天生活在诗与图画中的。所以，春天我的家应当是在杭州。

夏天，我想青城山应当算作最理想的地方。在那里，我虽然只住过十天，可是它的幽静已拴住了我的心灵。在我所看见过的山水中，只有这里没有使我失望。它并没有什么奇峰或巨瀑，也没有多少古寺与胜迹，可是，它的那一片绿色已足使我感到这是仙人所应住的地方了。到处都是绿，而且都是像嫩柳那么淡，竹叶那么亮，蕉叶那么润，目之所及，那片淡而光润的绿色都在轻轻地颤动，仿佛要流入空中与心中去似的。这个绿色会像音乐似的，涤清了心中的万虑，山中有水，有茶，还有酒。早晚，即使在暑天，也须穿起毛衣。我想，在这里住一夏天，必能写出一部十万到二十万的小说。

假若青城去不成，求其次者才提到青岛。我在青岛住过三年，很喜爱它。不过，春夏之交，它有雾，虽然不很热，可是相当的湿闷。再说，一到夏天，游人来的很多，失去了海滨上的清静。美而不静便至少失去一半的美。最使我看不惯的是那些喝醉的外国水兵与差不多是裸体的，而没有曲线美的妓女。秋天，游人都走开，这地方反倒更可爱些。

不过，秋天一定要住北平。天堂是什么样子，我不晓得，但是从我的生活经验去判断，北平之秋便是天堂。论天气，不冷不热。论吃食，苹果，梨，柿，枣，葡萄，都每样有若干种。至于北平特产的小白梨与大白海棠，恐怕就是乐园中的禁果吧，连亚当与夏娃见了，也必滴下口水来！果子而外，羊肉正肥，高粱红的螃蟹刚好下市，而良乡的栗子也香闻十里。论花草，菊花种类之多，花式之奇，可以甲天下。西山有红叶可见，北海可以划船——虽然荷花已残，荷叶可还有一片清香。衣食住行，在北平的秋天，是没有一项不使人满意的。即使没有余钱买菊吃蟹，一两毛钱还可以爆二两羊肉，弄一小壶佛手露啊！

冬天，我还没有打好主意，香港很暖和，适于我这贫血怕冷的人去住，但是"洋味"太重，我不高兴去。广州，我没有到过，无从判断。成都或者相当的合适，虽然并不怎样和暖，可是为了水仙，素心腊梅，各色的茶花，与红梅绿梅，仿佛就受一点寒冷，也颇值得去了。昆明的花也多，而且天气比成都好，可是旧书铺与精美而

便宜的小吃食远不及成都的那么多，专看花而没有书读似乎也差点事。好吧，就暂时这么规定：冬天不住成都便住昆明吧。

在抗战中，我没能发了国难财。我想，抗战结束以后，我必能阔起来，唯一的原因是我是在这里说梦。既然阔起来，我就能在杭州，青城山，北山，成都，都盖起一所中式的小三合房，自己住三间，其余的留给友人们住。房后都有起码是二亩大的一个花园，种满了花草；住客有随便折花的，便毫不客气地赶出去。青岛与昆明也各建小房一所，作为候补住宅。各处的小宅，不管是什么材料盖成的，一律叫作"不会草堂"——在抗战中，开会开够了，所以永远"不会"。

那时候，飞机一定很方便，我想四季搬家也许不至于受多大苦处的。假若那时候飞机减价，一二百元就能买一架的话，我就自备一架，择黄道吉日慢慢地飞行。

第二辑

可爱就爱，养一只爱自己的猫

每逢我架起了脚看报或吃酒的时候，它们爬到我的两只脚上，一高一低，一动一静，别人看见了都要笑。我倒已经习以为常，似觉一坐下来，脚上天生成有两只小猫的。

白象

丰子恺

白象是我家的爱猫，本来是我的次女林先家的爱猫，再本来是段老太太家的爱猫。

抗战初，段老太太带了白象逃难到大后方。胜利后，又带了它复员到上海，与我的次女林先及吾婿宋慕法邻居。不知为了什么原因，段老太太把白象和它的独子小白象寄交林先、慕法家，变成了他们的爱猫。我到上海，林先、慕法又把白象寄交我，关在一只无锡面筋的笼里，上火车，带回杭州，住在西湖边上的小屋里，变成了我家的爱猫。

白象真是可爱的猫！不但为了它浑身雪白，伟大如象，又为了它的眼睛一黄一蓝，叫作"日月眼"。它从太阳光里走来的时候，瞳孔细得几乎没有，两眼竟像话剧舞台上所装置的两只光色不同的电灯，见者无不惊奇赞叹。收电灯费的人看见了它，几乎忘记拿钞票；查户口的警察看见了它，也暂时不查了。

白象到我家后，慕法、林先常写信来，说段老太太已迁居他处，但常常来他们家访问小白象，目的是探问白象的近况。我的幼女一吟，同情于段老太太的离愁，常常给白象拍照，寄交林先转交段老太太，以慰其相思。同时对于白象，更增爱护。每天一吟读书回家，或她的大姐陈宝教课回家，一坐倒，白象就跳到她们的膝上，老实不客气地睡了。她们不忍拒绝，就坐着不动，向人要茶，要水，要换鞋，要报看。有时工人不在身边，我同老妻就当听差，送茶，送水，送鞋，送报。我们是间接服侍白象。

有一天，白象不见了。我们侦骑四出，遍寻不得。正在担忧，它偕同一只斑花猫，悄悄地回来了，大家惊喜。女工秀英说，这是招贤寺里的雄猫，说过笑起来。经过一个短促的休止符，大家都笑起来。原来它是到和尚寺里去找恋人去了，害得我们急死。

此后斑花猫常来，它也常去，大家不以为奇。我觉得白象更可爱了。因为它不像鲁迅先生的猫，恋爱时在屋顶上怪声怪气，吵得他不能读书写稿，而用长竹竿来打。后来它的肚皮渐渐大起来了。约莫两三个月之后，它的肚皮大得特别，竟像一只白象了。我们用一只旧箱子，把盖拿去，作为它的产床。有一天，它临盆了，一胎五子，三只雪白的，两只斑花的。大家称庆，连忙叫男工樟鸿到岳坟去买新鲜鱼来给它调将。女孩子们天天冲克宁奶粉给它吃。

小猫日长夜大，两星期之后，都会爬动。白象育儿耐苦得很，日夜躺卧，让五个孩子纠缠。它的身体庞大，在五只小猫看来，好比一个丘陵。它们恣意爬上爬下，好像西湖上的游客爬孤山一样。

这光景真是好看！

　　不料有一天，一只小花猫死了。我的幼儿新枚，哭了一场，拿一条美丽牌香烟的匣子，当作棺材，给它成殓，葬在西湖边的草地中。余下的四只，就特别爱惜。我家有七个孩子，三个在外，四个在杭州，他们就把四只小猫分领，各认一只。长女陈宝领了花猫，三女宁馨、幼女一吟、幼儿新枚，各领一只白猫。这就好比乡下人把孩子过房给庙里的菩萨一样，有了"保佑"，"长命富贵"。大约因为他们不是菩萨，不能保佑；过一会儿，一只小白猫又死了。剩下三只，一花二白，都很健康，看看已能吃鱼吃饭，不必全靠吃奶了。白象的母氏劬劳，也渐渐减省。它不必日夜躺着喂奶，可以随时出去散步，或跳到女孩子们的膝上去睡觉了。女孩子们笑它："做了母亲还要别人抱？"它不理，管自睡在人家怀里。

　　有一天，白象不回来吃中饭。"难道又到和尚寺里去找恋人了？"大家疑问。等到天黑，终于不回来。秀英当夜到寺里去寻，不见。明天，又不回来。问题严重起来，我就写两张海报："寻猫：敝处走失日月眼大白猫一只。如有仁人君子觅得送还，奉酬法币十万元。储款以待，决不食言。××路××号谨启。"过了两天，有邻人来言："前几天看见一大白猫死在地藏庵与复性书院之间的水沼里，恐怕是你们的。"我们闻耗奔丧，找不到尸体。问地藏庵里的警察，也说不知；又说，大概清道夫取去了。我们回家，大家沉默志哀，接着就讨论它的死因。有的说是它自己失脚落水，有的说是顽童推它下水，莫衷一是。后来新枚来报告，邻家的孩子曾经看见一只大白猫死在水沼上的大柳树根上。后来被人踢到水沼里。孩子不会说诳，此说大约可靠。且我听说，猫不肯死在家里，自知临命终了，必远行至无人处，然后辞世。故此说更觉可靠。我觉得这点"猫性"，颇可赞美。这有壮士风，不愿死户牖下儿女之手中，而情愿战死沙场，马革裹尸。这又有高士风。不愿病死在床上，而情愿遁迹深山，不知所终。总之，白象确已不在"猫间"了！

白象失踪的第二天，林先从上海来杭。一到，先问白象。骤闻噩耗，惊惶失色。因为她原是受了段老太太之托，此番来杭将把白象带回上海，重归旧主的。相差一天，天缘何悭！然而天实为之，谓之何哉。所幸它还有三个遗孤，虽非日月眼，而壮健活泼，足以承继血统。为防损失，特把一只小花猫寄交我的好友家。其余两只小白猫，常在我的身边。每逢我架起了脚看报或吃酒的时候，它们爬到我的两只脚上，一高一低，一动一静，别人看见了都要笑。我倒已经习以为常，似觉一坐下来，脚上天生成有两只小猫的。

猫

靳以

猫好像在活过来的时日中占了很大的一部，虽然现在一只也不再在我的身边厮扰。

当着我才进了中学，就得着了那第一只。那是从一个友人的家中抱来，很费了一番手才送到家中。她是一只黄色的，像虎一样的斑纹，只是生性却十分驯良。那时候她才下生两个月，也像其他的小猫一样欢喜跳闹，却总是被别的欺负的时候居多。友人送我的时候就这样说：

"你不是欢喜猫么，就抱去这只吧。你看她是多么可怜的样子，怕长不大就会死了。"

我都不能想那时候我是多么高兴，当我坐在车上，装在布袋中的她就放在我的腿上。呵，她是一个活着的小动物，时时会在我的腿上蠕动的。我轻轻地拍着她，她不叫也不闹，只静静地卧在那里，像一个十分懂事的东西。我还记得那是夏天，她的皮毛使我在冒着汗，我也忍耐着。到了家，我放她出来。新的天地吓得她更不敢动，她躲在墙角或是椅后那边哀哀地鸣叫。她不吃食物也不饮水，为了那份样子，几乎我又送她回去。可是过了两天或是三天，一切就都很好了。家中人都喜欢她，除开一个残忍成性的婆子。我的姐姐更爱她，每餐都是由她来照顾。

到了长成的时节，她就成为更沉默更温和的了。她从来也不曾抓伤过人，也不到厨房里偷一片鱼。她欢喜蹲在窗台上，眯着眼睛，像哲学家一样地沉思着。那时候阳光正照了她，她还要安详地用前爪在脸上抹一次又一次的。家中人会说：

"链哥儿抱来的猫，也是那样老实呵！"

到后她的子孙们却是有各样的性格。一大半送了亲友，留在家中的也看得出贤与不肖。有的竟和母亲争斗，正像一个浪子或是泼女。

她自己活得很长远，几次以为是不能再活下去了，她还能勉强地活过来，终于一双耳朵不知道为什么枯萎下去。她的脚步更迟钝了，有时鸣叫的声音都微弱得不可闻了。

她活了十几年，当着祖母故去的时候，已经入殓，还停在家中；她就躺在棺木的下面死去。想着是在夜间死去的，因为早晨发觉的时候她已经僵硬了。

住到 X 城的时节，我和友人 B 君共住了一个院子。那个城是古老而沉静的，到处都是树，清寂幽闭。因为是两个单身男子，我们的住处也正像那个城。秋天是如此，春天也是如此。墙壁粉了灰色，每到了下午便显得十分黯淡。可是不知道从哪里却跳来了一只猫，她是在我们一天晚间回来的时候发现的。我们开了灯，她正端坐在沙发的上面，看到光亮和人，一下就不知道溜到哪里去了。我们同时都为她那美丽的毛色打动了，她的身上有着各样的颜色，她的身上包满了茸茸的长绒。我们找寻着，在书架的下面找到了。她用惊

疑的眼睛望着我们，我们即刻吩咐仆人，为她弄好了肝和饭，我们
故意不去看她，她就悄悄地就食去了。

从此在我们的家中，她也算是一个。养了两个多月，在一天的
清早，不知逃到哪里去了。她仍是从风门的窗格里钻出去（因为她，
我们一直没有完整的纸糊在上面），到午饭时不见回来。我们想着
下半天，想着晚饭的时候；可是她一直就不曾回来。

那时候，虽然少了一只小小的猫，住的地方就显得阔大寂寥起
来了。当着她在我们这里的时候，那些冷清的角落，都为她跑着跳
着填满了；为我们遗忘了的纸物，都由她有趣地抓了出来。一时她
会跑上座灯的架上，一时她又跳上了书橱。可是她把花盆架上的一
盆迎春拉到地上，碎了花盆的事也有过，记得自己真就以为她是一
个有性灵的生物，申斥她，轻轻地打着她；她也就畏缩地躲在一旁，
像是充分地明白了自己的过错似的。

平时最使她感觉到兴趣的事，怕就是钻进抽屉中的小睡。只要
是拉开了她就安详地走进去，于是就故意又为她关上了。过些时再
拉开来，她也许还未曾醒呢！有的时候是醒了，静静地卧着，看到
了外面的天地，就站起来，拱着背缓缓地伸着懒腰。她会跳上了桌
子，如果是晚间，她就分去了桌灯给我的光，往返地踱着，她的影
子晃来晃去的，却充满了我那狭小的天地，使我也有着闹热的感觉。
突然她会为一件小小的物件吸引住了，以前爪轻轻地拨着，惊奇地
注视着被转动的物件，就退回了身子，伏在那里，还是一小步一小
步地退缩着——终于是猛地向前一蹿，那物件落在地上，她也随着
跳下去。

我们有时候也用绒绳来逗引，看着她轻巧而窈窕地跳着。时常
想到的就是"摘花赌身轻"的句子。

她的逃失呢，好像是早就想到了的。不是因为从窗里望着外面，看到其他的猫从墙头跳上跳下，她就起始也跑到外面去么？原是不知何所来，就该是不知何所去。只是顿然少去了那么一只跑着跳着的生物，所住的地方就感到更大的空洞了。想着这样的情绪也许并不是持久的，过些天或者就可以忘情了。只是当着春天的风吹着门窗的纸，就自然地把眼睛望着她日常出入的那个窗格，还以为她又从外面钻了回来。

"走了也好，终不过是不足恃的小人呵！"

这样地想了，我们的心就像是十分安然而愉快了。

过了四个月，B君走了，那个家就留给我一个人。如果一直是冷清下来，对于那样的日子我也许能习惯了；却是日愈空寂的房子，无法使我安心地守下去。但是我也只有忍耐之一途。既不能在众人的处所中感到兴趣，除开面壁枯坐还有其他的方法么？

一天，偶然地在市集中售卖猫狗的那一部，遇到一个老妇人和一个四五岁的女孩。她问我要不要买一只猫。我就停下来，预备看一下再说。她放下手中的竹篮，解开盖在上面的一张布，就看到一只生了黄黑斑的白猫，正自躺在那里，在她的身下看到了两只才生下不久的小猫。一只是黑的，毛的尖梢却是雪白；那一只是白的，头部生了灰灰的斑。她和我说因为要离开这里，就不得不卖了。她和我要了极合理的价钱，我答应了，付过钱，就径自去买一个竹篮来，当着我把猫放到我的篮子里，那个孩子就大声哭起来。她舍不得她的宝贝。她丢下老妇人塞到她手中的钱。那个老妇人虽是爱着孩子，却好像钱对她真有一点用，就一面哄着一面催促着我快些离开。

叫了一辆车，放上竹篮，我就回去了。留在后面的是那个孩子

的哭声。

　　诚然如那个老妇人所说，她们是到了天堂。最初几天那两只小猫还没有张开眼，从早到晚只是咪咪地叫着。我用烂饭和牛乳喂它们，到张开了眼的时候，我才又看到那个长了灰色斑的两个眼睛是不同的：一个是黄色，一个是蓝色。

　　大小三只猫，也尽够我自己忙的了（不止我自己，还有那个仆人）。大的一只时常要跑出去，小的就不断地叫着。她们时常在我的脚边缠绕，一不小心就被踏上一脚或是踢翻个身。她们横着身子跑，因为把米粒粘到脚上，跑着的时候就答答地响着，像生了铁蹄。她们喜欢坐在门限上望着外面，见到后院的那条狗走过，她们就咇咇地叫着，毛都竖起来，急速地跳进房里。

　　为了她们，每次晚间回来都不敢提起脚步来走，只是溜着，开了灯，就看到她们偎依着在椅上酣睡。

　　渐渐地她们能爬到我的身上来了，还爬到我的肩头，她们就像到了险境，呜叫着，一直要我用手把她们再捧下来。

　　这两只猫仔，引起了许多友人的怜爱，一个过路友人离开了这个城还在信中殷殷地问到。她说过要有那么一天，把这两只猫拿走的。但是为了病着的母亲的寂寥，我就把她们带到了××。

　　我先把她们的母亲送给了别人，我忘记了她们离开母亲会成为多么可怜的小动物。她们叫着。不给一刻的宁静，就是食物也不大能引着她们安下去。她们东找找西找找，然后就失望地朝了我。好像告诉我她们是丢失了母亲，也要我告诉她们：母亲到了哪里？两天都是这样，我都想再把那只大猫要回来了。后来友人告诉我说是那个母亲也叫了几天，终于上了房，不知到哪里去了。

　　因为要搭乘火车的，我就在行前的一日把她们装到竹篮里。她们就叫，吵得我一夜也不能睡，我想着这将是一桩麻烦的事，依照路章是不能携带猫或狗的。

早晨，我放出她们喂，吃得饱饱的（那时候她们已经消灭了失去母亲的悲哀），又装进竹篮里。她们就不再叫了。一直由我把她们安然地带回我的母亲的身边。

母亲的病在那时已经是很重了，可是她还是勉强地和我说笑。她爱那两只猫，她们也是立刻跳到她的身前。我十分怕看和母亲相见相别时的泪眼，这一次有这两个小东西岔开了母亲的伤心。

不久，她们就成为一种累赘了。当着母亲安睡的时候，她们也许咪咪地叫起来。当着母亲为病痛所苦的时候，她们也许要爬到她的身上。在这情形之下，我只能把她们交付了仆人，由仆人带到他自己的房中去豢养。

母亲的病使我忘记了一切的事，母亲故去了许久我才问着仆人那两只猫是否还活下来。

仆人告诉我她们还活着的，因为一时的疏忽，她们的后腿冻跛了。可渐渐地好起来，也长大了，只是不大像从前那样洁净。

我只是应着，并没有要他把她们拿给我，因为被母亲生前所钟爱，她们已经成为我自己悲哀的种子了。

白猫王子七岁

梁实秋

　　白猫王子大概是已到中年。人到中年发福，脖梗子后面往往隆起几条肉，形成几道沟，尤其是那些饱食终日的高官巨贾。白猫的脖子上也隐隐然有了两三道肉沟的痕迹。他腹上的长毛脱落了，原以为是季节性的，秋后会复生，谁知道寒来暑往又过了一年，腹上仍是光秃秃的，只有一层茸毛。他的眉头深锁，上面有直竖的皱纹三数条，抹也抹不平，难道是有什么心事不成？

　　他比从前懒了。从前一根绳子，一个线团，可以逗他狼奔豕突，可以引他鼠步蛇行，可以诱他翻筋斗竖蜻蜓，玩好大半天，直到他疲劳而后止。抛一个乒乓球给他，他会抱着球翻滚，他会和你对打一阵，非球滚到沙发底下去不肯罢休。菁清还喜欢和他玩捕风捉影的游戏，她拿起一个衣架之类的东西，在灯光下摇晃，墙上便显出一个活动的影子，这时候白猫便窜向墙边，跳起好几尺高，去捕捉那个影子。

　　如今情况不同了。绳子线团不复引起他的兴趣。乒乓球还是喜欢，但是要他跑几步路去捡球，他就觉得犯不着，必须把球送到他的跟前，他才肯举爪一击，就好像打高尔夫的大人先生们之必须携

带球童或是乘坐小型机车才肯于一切安排妥帖之后挥棒一击。捕风
捉影的事他不再屑为。《山海经》："夸父不量力，欲追日影。"
白猫未必比夸父聪明，其实是他懒。

哪有猫儿不爱腥的？锅里的鱼刚煮熟，揭开锅盖，鱼香四溢，
白猫会从楼上直奔而来，但是他蹲在一旁，并不流涎三尺，也不凑
上前来做出迫不及待的样子。他静静地等着我摘刺去骨，一汤一鱼，
不冷不热，送到他的嘴边，然后他慢条斯理地进餐。他有吃相，他
从盘中近处吃起，徐徐蚕食，他不挑挑拣拣。他吃完鱼，喝汤；喝
完汤，洗脸；洗完脸，倒头大睡。他只要吃鱼，沙丁鱼、鲢鱼，天
天吃也不腻。有时候胃口不好也流露一些"日食万钱，无下箸处"
的神情，闻一闻就望望然去之，这时候对付他的方法就是饿他一天。
菁清不忍，往往给他开个罐头番茄汁鲣鱼之类，让他换换口味。

白猫王子不是可以呼之即来挥之即去的。他高兴的时候偎在人
的身边卧着，接受人的抚摩，他不高兴的时候任你千呼万唤他也相
应不理。你把他抱过来，他也会纵身而去。菁清说他骄傲。我想至
少是倔强。猫的性格，各有不同。有人说猫性狡诈，我没有发现白
猫有这样的短处。唐朝武后朝中有一个权臣小人李义府（《唐书》
列传第三十二），"貌状温恭，与人语必嬉怡微笑，而褊忌阴贼。
既处权要，欲人附己，微忤意者，辄加倾陷。故时人言义府笑中有
刀。又以其柔而害物，亦谓之李猫"。李猫这个绰号似乎不恰。白
猫王子柔则有之，但丝毫没有害物的意思。他根本不笑，自然不会
笑中有刀，他的掌中藏着利爪，那是他自卫的武器。他时常伸出利
爪在沙发上抓挠，把沙发抓得稀烂，我们应该在沙发上钉一块皮子
什么的，让他抓。

猫愿有固定的酣睡静卧的所在，有时候他喜欢居高临下的地方，

能爬多高就爬多高；有时候又喜欢窝藏在什么旮旯儿里，令人找都找不到。他喜欢孤独。能不打扰他最好不要打扰他，让他享受那份孤独。有时候他又好像不甘寂寞，我正在伏案爬格，他会飕地一下子蹿上书桌，不偏不倚地趴在我的稿纸上，我只好暂停工作。我随后想到两全的办法，在书桌上给他设备一份铺垫，他居然了解我的用意。从此我可以一面拍抚着他，一面写我的稿。我知道，他不是有意来陪伴我，他是要我陪伴他。有时候我一站起身，走到书架去取书，他立刻就从桌上跳下占据我的座椅，安然睡去。他可以在我椅上睡六七个小时，我由他高卧。

猫最需要的伴侣是猫。黑猫公主的性格很泼辣刁钻，所以一向不是关在楼上寝室便是关在笼子里，黑白隔离。后来渐渐弛禁，两个猫也可以放在一起了，追逐翻滚一阵之后也能并排而卧相安无事。小花进门之后，我们怕他和白猫不能相容，也隔离了很久，现在这两只猫也能在一起共存，不争座位，不抢饭碗。

三月三十日是白猫王子七岁的生日，菁清给他预备了一份礼物——市场买菜用的车子，打算在天气晴朗惠风和畅的时候把他放在车里推着他在街上走走。这样，他总算是于"食有鱼"之外还"出有车"了。

猫

夏丏尊

　　白马湖新居落成，把家眷迁回故乡的后数日，妹就携了四岁的外甥女，由二十里外的夫家雇船来访。自从母亲死后，兄弟们各依了职业迁居外方，故居初则赁与别家，继则因兄弟间种种关系，不得不把先人有过辛苦历史的高大屋宇，售让给附近的暴发户，于是兄弟们回故乡的机会就少，而妹也已有六七年无归宁的处所了。这次相见，彼此既快乐又酸辛，小孩之中，竟有未曾见过姑母的。外甥女也当然不认得舅妗和表姊，虽经大人指导勉强称呼，总都是呆呆地相觑着。

　　新居在一个学校附近，背山临水，地位清静，只不过平屋四间。论其构造，连老屋的厨房还比不上，妹却极口表示满意："虽比不上老屋，终究是自己的房子，我家在本地已有许多年没有房子了！自从老屋卖去以后，我多少被人瞧不起！每次乘船行过老屋的面前，真是……"妻见妹说时眼圈有点红了，就忙用话岔开："妹妹你看，我老了许多了罢？你却总是这样后生。"

　　"三姊倒不老！——人总是要老的，大家小孩都已这样大了，他们大起来，就是我们在老起来。我们已六七年不见了呢。"

"快弄饭去罢！"我听了她们的对话，恐再牵入悲境，故意打断话头，使妻走开。

妹自幼从我学会了酒，能略饮几杯。兄妹且饮且谈，嫂也在旁羼着。话题由此及彼，一直谈到饭后，还连续不断。每到妹和妻要谈到家事或婆媳小姑关系上去，我总立即设法打断，因为我是深知道妹在夫家的境遇的，很不愿在难得晤面的当初，就引起悲怀。

忽然，天花板上起了嘈杂的鼠声。

"新造的房子，老鼠就这样多了吗？"妹惊讶了问。"大概是近山的缘故罢。据说房子未造好就有了老鼠的。晚上更厉害，今夜你听，好像在打仗哩，你们那里怎样？"妻说。

"还好，我家有猫。——快要产小猫了，将来可捉一只来。"

"猫也大有好坏，坏的猫老鼠不捕，反要偷食，到处撒屎，还是不养好。"我正在寻觅轻松的话题，就顺了势讲到猫上去。

"猫也和人一样，有种子好不好的，我那里的猫是好种，不偷食，每朝把屎撒在盛灰的畚斗里。——你记得从前老四房里有一只好猫罢。我们那只猫，就是从老四房讨去的小猫。近来听说老四房里已断了种了，——每年生一胎，附近养蚕的人家都来千求万恳地讨，据说过去都不淘气的。现在又快要生小猫了。"

老四房里的那只猫向来有名。最初的老猫，是曾祖在时，就有了的。不知是哪里得来的种子，白地，小黄黑花斑，毛色很嫩，望去像上等的狐皮"金银嵌"。善捉鼠，性子却柔驯得不得，当我小的时候，常去抱来玩弄，听它念肚里佛，挖看它的眼睛，不啻是一个小伴侣。后来我由外面回家，每走到老四房去，有时还看见这小伴侣的子孙。曾也想讨一只小猫到家里去养，终难得逢到恰好有小猫的机会，自迁居他乡，十年来久不忆及了。不料现在种子未绝，妹家现在所养的，不知已是最初老猫的几世孙了。家道中落以来，田产室庐大半荡尽，而曾祖时代的猫，尚间接地在妹家留着种子，这真是一种不可思议的缘，值得叫人无限感兴的了。

"哦！就是那只猫的种子！好的，将来就给我们一只。那只猫的种子是近地有名的。花纹还没有变吗？""你欢喜哪一种？——大约一胎多则三只，少则两只，其中大概有一只是金银嵌的，有一二只是白中带黑斑的，每年都是如此。"

"那自然要金银嵌的啰。"我脑中不禁浮出孩时小伴侣的印象来。更联想到那如云的往事，为之茫然。妻和妹之间，猫的谈话，仍被继续着，儿女中大些的张了眼听，最小的阿满，摇着妻的膝问："小猫几时会来？"我也靠在藤椅子上吸着烟默然听她们。

"小猫的时候，要教会它才好。如果撒屎在地板上了，就捉到撒屎的地方，当着它的屎打，到碗中偷食吃的时候，就把碗摆在它的前面打，这样打了几次，它就不敢乱撒屎多偷食了。"

妹的猫教育论，引得大家都笑了。

次晨，妹说即须回去，约定过几天再来久留几日，临走的时候还说："昨晚上老鼠真吵得厉害，下次来时替你们把猫捉来罢。"

妹去后，全家多了一个猫的话题。最性急的自然是小孩，他们常问："姑妈几时来？"其实都是为猫而问，我虽每回答他们："自然会来的，性急什么？"而心里也对于那与我家一系有二十多年历史的猫，怀着迫切的期待，巴不得妹——猫快来。

妹的第二次来，在一个月以后，带来的只是赠送小孩的果物和若干种的花草苗种，并没有猫。说前几天才出生，要一月后方可离母，此次生了三只，一只是金银嵌的，其余两只，是黑白花和狸斑花的，讨的人家很多，已替我们把金银嵌的留定了。

猫的被送来，已是妹第二次回去后半月光景的事，那时已过端午，我从学校回去，一进门，妻就和我说："妹妹今天差人把猫送来了，她有一封信在这里。说从回去以后就有些不适。大约是寒热，不要紧的。"

我从妻手里接了信草草一看，同时就向室中四望：

"猫呢？"

"她们在弄它。阿吉阿满，你们把猫抱来给爸爸看！"

立刻，柔弱的"尼亚尼亚"声从房中听得，阿满抱出猫来："会念佛的，一到就蹲在床下，妈说它是新娘子呢。"

我在女儿手中把小猫熟视着说："还小呢，别去捉它，放在地上，过几天会熟的。当心碰见狗！"

阿满将猫放下。猫把背一耸就跟跄地向房里遁去。接着就从房内发出柔弱的"尼亚尼亚"的叫声。

"去看看它躲在什么地方。"阿吉和阿满蹑了脚进房去。

"不要去捉它啊！"妻从后叮嘱她们。

猫确是金银嵌，虽然产毛未褪，黄白还未十分夺目，尽足依约地唤起从前老四房里小伴侣的印象。"尼亚尼亚"的叫声，和"咪咪"的呼唤声，在一家中起了新气氛，在我心中却成了一个联想过去的媒介，想到儿时的趣味，想到家况未中落时的光景。

与猫同来的，总以为不成问题的妹的病消息，日后竟由沉重而至于危笃，终于因恶性疟疾引起了流产，遗下未足月的女孩而弃去这世界了。

一家人参与丧事完毕从丧家回来，一进门就听到"尼亚尼亚"的猫声。

"这猫真不利，它是首先来报妹妹的死信的！"妻见了猫叹息着说。猫正在檐前伸了小足爬搔着柱子，突然见我们来就跟踉逃去，阿满赶到厨下把它捉来了。捧在手里："你还要逃，都是你不好！妈！快打！"

"畜生晓得什么？唉，真不利！"妻呆呆地望着猫这样说，忘记了自己的矛盾，倒弄得阿满把猫捧在手里瞪目茫然了。

"把它关在伙食间里，别放它出来！"我一壁说一壁懒懒地走入卧室睡去。我实在已怕看这猫了。

立时从伙食间里发出"尼亚尼亚"的悲鸣声和嘈杂的搔爬声来。努力想睡，总是睡不着。原想起来把猫重新放出，终于无心动弹，连向那就在房外的妻女叫一声"把猫放出"的心绪也没有，只让自己听着那连续的猫声，一味沉浸在悲哀里。

从此以后，这小小的猫，在全家成了一个联想死者的媒介，特别地在我，这猫所暗示的新的悲哀的创伤，是用了家道中落等类的怅惘包裹着的。

伤逝的悲怀，随着暑气一天一天地淡去，猫也一天天地长大，从前被全家所诅咒的这不幸的猫，这时渐被全家宠爱珍惜起来了，当作了死者的纪念物。每餐给它吃鱼，归阿满饲它，晚上抱进房里，防恐被人偷了或是被野狗咬伤。

白玉也似的毛地上，黄黑斑错落得非常明显，当那蹲在草地上或跳掷在凤仙花丛里的时候，望去真是美丽。每当附近四邻或路过的人，见了称赞说"好猫！"的时候，妻脸上就现出一种莫可言说的矜夸，好像是养着一个好儿子或是好女儿。特别是阿满：

"这是我家的猫，是姑母送来的，姑母死了，只剩了这只猫了！"她当有人来称赞猫的时候，不管那人暮生与不暮生，总会静圆了眼起劲地对他说明这些。

养一只爱你的猫

猫做了一家的宠儿了，每餐食桌旁总有它的位置，偶然偷了食或是乱撒了屎，虽然依妹的教育法是要就地罚打的，妻也总看妹面上宽恕过去。阿吉阿满一从学校里回来就用了带子逗它玩，或是捉迷藏似的在庭间追赶它。我也常于初秋的夕阳中坐在檐下对了这跳掷着的小动物做种种的遐想。

那是快近中秋的一个晚上的事：湖上邻居的几位朋友晚饭后散步到了我家里，大家在月下闲话，阿满和猫在草地上追逐着玩。客去后，我和妻搬进几椅正要关门就寝，妻照例记起猫来：

"咪咪！"

"咪咪！"阿吉阿满也跟着唤。

可是却不听到猫的"尼亚尼亚"的回答。

"没有呢！哪里去了？阿满，不是你捉出来的吗？去寻来！"妻着急起来了。

"刚刚在天井里的。"阿满瞪了眼含糊地回答，一壁哭了起来。

"还哭！都是你不好！夜了还捉出来做什么呢？——咪咪，咪咪！"妻一壁责骂阿满一壁嘎了声再唤。

"咪咪，咪咪！"我也不禁附和着唤。

可是仍不听到猫的"尼亚尼亚"的回答。

叫小孩睡好了，重新找寻，室内室外，东邻西舍到处分头都寻遍，哪有猫的影儿？连方才谈天的几位朋友都过来帮着在月光下寻觅，也终于不见形影。一直闹到十二点多钟月亮已照屋角为止。

"夜深了，把窗门暂时开着，等它自己回来罢，——偷是没有人偷的，或者被狗咬死了，但又不听见它叫。也许不至于此，今夜且让它去罢。"我宽慰着妻关了大门，先入卧室去。在枕上还听到妻的"咪咪"的呼声。猫终于不回来。从次日起，一家好像失了什么似的，都觉到说不出的寂寥。小孩从放学回来也不如平日的高兴，特别地在我，于妻女所感得的以外，顿然失却了沉思过去种种悲欢往事的媒介物，觉得寂寥更甚。

第三日傍晚，我因寂寥不过了，独自在屋后山边散步，忽然在山脚田坑中发见猫的尸体。全身黏着水泥软软地倒在坑里，毛贴着肉，身躯细了好些，项有血迹，似确是被狗或野兽咬毙了的。

"猫在这里！"我不觉自叫了说。

"在哪里？"妻和女孩先后跑来，见了猫都呆呆地几乎一时说不出话。

"可怜！一定是野狗咬死的。阿满，都是你不好！前晚你不捉它出来，哪里会死呢？下世去要成冤家啊！——唉！妹妹死了。连妹妹给我们的猫也死了。"妻说时声音呜咽了。

阿满哭了，阿吉也呆着不动。

"进去罢，死了也就算了，人都要死哩，别说猫！快叫人来把它葬了。"我催她们离开。

妻和女孩进去了。我向猫做了最后的一瞥，在昏黄中独自徘徊。日来已失了联想媒介的无数往事，都回光返照似的一时强烈地齐现到心上来。

生活与猫

靳以

　　原谅我上次回信的草率，你要知道那时候我整个的情感是在多么大的颠仆之中。我几乎都失却了自信力。我不知道那件突发的事该给我多么大的影响。这么些天我咬着牙忍受着折磨，这一次我真的要使自己强硬起来了。虽然每晚我不能安睡，我还只是想到这不过是一时的奇象，我相信不久就会好的。

　　昨天夜间我好像睡着了，可是我做了一整夜的梦。在梦中我总是和那个人面对，好像我还记着我要把我的手掌印在她的脸颊上，我都忘记了是不是固执地那样做了，可是我却记得我是十分苦恼，好像是躲开她似的。我还记得一直就没有能躲开，她像是跟定了我，所以，这一夜我是十分苦痛地过去了。

　　早晨我就觉得十分疲倦，张开眼睛的时候，只是窗纸的上半有一线的太阳。在我那灰暗的房屋中，夜是显得更漫长一些，才近黄昏我的屋子就暗下来，到早晨，太阳好像是最后才照临。

　　再要告诉你的，在这里秋是更深地降临了。庭园中的花草大半都已枯萎，有的都为仆人拔了下来堆在那里等候着清除。可是大麻却还傲然地长着，每天不忘记把它那肥大的叶影寂寞地印在我的窗帘上。呵，这窗帘我想起来在你最近的信中还问起来什么时候调换就告诉你。你嫌它太陈旧了，说是影响了我的心情。这句话我记着，想到即使是把窗帘换了新鲜的，我的心情就能好了起来么？

我十分怕秋天，我该好好地告诉你。这给了我无限的空虚之感。伴了这个秋天来的，又是那么一件惊天动地的事。我真有点难以忍受，我独自坐在我的房中，听着大麻果实的爆裂，真像我自己的心炸碎了。我悄悄地走出去，坐在石阶上，双手拢了膝头，望着天上飘浮的白云，什么都是那么空，没有一点凭依，我就想到为什么我要生到这个世上来？在从前，我总是想到为什么一个人要自杀呢？现在我体味到了，如果我想活下去的力量稍稍小一点，我定然会用自己的手结束了自己的生命。

也许你还该为我庆幸，我并没有依你那聪明的想法，才对一个人全然断了念。十分自然地我永远不会再想到那个人，而且我十分后悔为什么把七年的日月花在这样的一个人的身上！我相信你知道我不是一个没有情感的人，如果你看了那短短的一张纸你也要为我切齿。但是我还觉得这是好的，因为这使我真的觉醒了，我不再生活在我的理想之中，为自己为友人我要好好地活下去。

还该诚恳地告诉你的就是我的心是那么空，像永远也不能满了起来。抓碎了的大梦在我的心上留下了不可弥补的空白，我想站定了脚，可是我没有能如愿。我要你给我信，像哥哥或是弟弟一样地待我，多多写给我，告诉我该怎么做。近来我大半的时间是消耗于在自己的房中往返地踱着，有时候紧紧地抓着自己的头发，一直看到手指上缠绕着有一两根细细的黑发才甘心。我不知道为什么我会这样不宁静。时时在我心中想着的却是我的心该平静下去，我要安静地过着日子，我不该这样，不是有许多友人殷切地望着我么？

　　我十分希望你还是在我的身旁！我知道你定然会对我好的，你能告诉我许多话，要我如何才能安下心来。我要求友情，这一时若是没有友情我就不能相信我还能活下去。

　　有时候我想到去，在那里我知道有更多的友人，他们都会对我好；可是那个人不也是住在么？在这时候只要我想到我是和她呼吸着一个城市的空气，我就不知道该怎么好。你知道我那粗暴的性子，真就要我什么也不顾任着自己的性么？我想得到，没有一个人愿意我这样。所以我只能守在这里，像困在幽谷的一支兵，等候着感情的粮草。

　　再要说到那几只猫了，我不是告诉过你么，在从前我养过一只美丽的。那一只是不知从何处来了，结局却也是不知向何处去了，只是陪伴了我寂寥的岁月，到了还是无情地逃去了。但是当它在我们的身边时，我的生活是多少为它活动了。它是那么能体贴人的心意，它会钻到抽屉里，安稳地睡一觉或是守在案上睁着发光的眼睛望着一个人在灯下迅速地挥动着笔尖。但是终于是逃去了，为着什么更大的诱惑呢？没有法子想得到了。只是早就想到了迟早是该逃走的，心也就安下去了。

　　这三只猫呢，那一只大猫暂时是不会逃走的，因为那两只学步的乳猫，她不能舍开她的子女，所以，我知道一时她不会离开我那空空的家。小猫长大了些起来，那只头上顶了三块浅灰的白猫，两三次几乎为友人抱走了。那都是当我不在家的时候。它的眼睛一只是蓝的，那一只却是灰的。那只小黑猫却冒出了白色的毛尖，像是在雪地里滚了一遭似的。它们已经能用横斜的步子跑着了，有时候在互弄着，有的时候会爬到我的脚下来咬着我的鞋，好像早有预兆似的，我知道这三只猫仍然要离开我。若是你再来到这里，我就爽快地以之相赠。可是这些无情的物品能和谁永远厮守着呢？

想到住处了，你不是说过么，若是住在我这灰色的房子中，不到两个月就会疯了的：可是我想到了你说在你的屋后正是一个铁工厂，每天都有打铁的声音的事。在那种情况下，我的神经会乱起来，我怕一点点嘈闹的声音(你不记得有时我在深夜把时钟都藏起来)，若是我住在你那里，我定然会觉得那些铁锤是打在我的心上，我的身上。我将更得不着安宁，我是一个月也不能忍受下去的。

这时候呢，我却忍受着无形的铁锤在我的心上敲打，这是给我适宜的磨炼，可是你该告诉我，如何我才能忍过去呢？……

猫

老舍

猫的性格实在有些古怪。说它老实吧，它的确有时候很乖。它会找个暖和的地方，成天睡大觉，无忧无虑，什么事也不过问。可是，赶到它决定要出去玩玩，就会出走一天一夜，任凭谁怎么呼唤，它也不肯回来。说它贪玩吧，的确是呀，要不怎么会一天一夜不回家呢？可是，及至它听到老鼠的一点响动啊，又是多么尽职。它闭息凝视，一连就是几个钟头，非把老鼠等出来不可！

它要是高兴，能比谁都温柔可亲：用身子蹭你的腿，把脖儿伸出来要求给抓痒，或是在你写作的时候，跳上桌来，在稿纸上踩印几朵小梅花。它还会丰富多腔地叫唤，长短不同，粗细各异，变化多端。在不叫的时候，它还会咕噜咕噜地给自己解闷。这可都凭它的高兴。它若是不高兴啊，无论谁说多少好话，它一声也不出，连半个小梅花也不肯印在稿纸上！它倔强得很！

是，猫的确是倔强。看吧，大马戏团里什么狮子、老虎、大象、狗熊，甚至于笨驴，都能表演一些玩艺儿，可是谁见过耍猫呢？（昨天才听说：苏联的某马戏团里确有耍猫的，我当然还没亲眼见过。）

这种小动物确是古怪。不管你多么善待它，它也不肯跟着你上街去逛逛。它什么都怕，总想藏起来。可是它又那么勇猛，不要说见着小虫和老鼠，就是遇上蛇也敢斗一斗。

它的嘴往往被蜂儿或蝎子螫的肿起来。

赶到猫儿们一讲起恋爱来，那就闹得一条街的人们都不能安睡。它们的叫声是那么尖锐刺耳，使人觉得世界上若是没有猫啊，一定会更平静一些。

可是，及至女猫生下两三个棉花团似的小猫啊，你又不恨它了。它是那么尽责地看护儿女，连上房兜兜风也不肯去了。

郎猫可不那么负责，它丝毫不关心儿女。它或睡大觉，或上屋去乱叫，有机会就和邻居们打一架，身上的毛儿滚成了毡，满脸横七竖八都是伤痕，看起来实在不大体面。

好在它没有照镜子的习惯，依然昂首阔步，大喊大叫，它匆忙地吃两口东西，就又去挑战开打。有时候，它两天两夜不回家，可是当你以为它可能已经远走高飞了，它却瘸着腿大败而归，直入厨房要东西吃。

过了满月的小猫们真是可爱，腿脚还不甚稳，可是已经学会淘气。妈妈的尾巴，一根鸡毛，都是它们的好玩具，耍上没结没完。一玩起来，它们不知要摔多少跟头，但是跌倒即马上起来，再跑再跌。它们的头撞在门上，桌腿上，和彼此的头上。撞疼了也不哭。

它们的胆子越来越大，逐渐开辟新的游戏场所。它们到院子里来了。院中的花草可遭了殃。它们在花盆里摔跤，抱着花枝打秋千，所过之处，枝折花落。你不肯责打它们，它们是那么生气勃勃，天真可爱呀。可是，你也爱花。这个矛盾就不易处理。

现在，还有新的问题呢：老鼠已差不多都被消灭了，猫还有什么用处呢？而且，猫既吃不着老鼠，就会想办法去偷捉鸡雏或小鸭

什么的开开斋。这难道不是问题么？

在我的朋友里颇有些位爱猫的。不知他们注意到这些问题没有？记得二十年前在重庆住着的时候，那里的猫很珍贵，须花钱去买。在当时，那里的老鼠是那么猖狂，小猫反倒须放在笼子里养着，以免被老鼠吃掉。据说，目前在重庆已很不容易见到老鼠。那么，那里的猫呢？是不是已经不放在笼子里，还是根本不养猫了呢？这须打听一下，以备参考。

也记得三十年前，在一艘法国轮船上，我吃过一次猫肉。事前，我并不知道那是什么肉，因为不识法文，看不懂菜单。猫肉并不难吃，虽不甚香美，可也没什么怪味道。

是不是该把猫都送往法国轮船上去呢？我很难作出决定。

猫的地位的确降低了，而且发生了些小问题。可是，我并不为猫的命运多耽什么心思。想想看吧，要不是灭鼠运动得到了很大的成功，消除了巨害，猫的威风怎会减少了呢？两相比较，灭鼠比爱猫更重要的多，不是吗？我想，世界上总会有那么一天，一切都机械化了，不是连驴马也会有点问题吗？可是，谁能因耽忧驴马没有事做而放弃了机械化呢？

阿咪

丰子恺

阿咪者，小白猫也。十五年前我曾为大白猫"白象"写文。白象死后又曾养一黄猫，并未为它写文。最近来了这阿咪，似觉非写不可了。盖在黄猫时代我早有所感，想再度替猫写照。但念此种文章，无益于世道人心，不写也罢。黄猫短命而死之后，写文之念遂消。直至最近，友人送了我这阿咪，此念复萌，不可遏止。率尔命笔，也顾不得世道人心了。

阿咪之父是中国猫，之母是外国猫。故阿咪毛甚长，有似兔子。想是秉承母教之故，态度异常活泼，除睡觉外，竟无片刻静止。地上倘有一物，便是它的游戏伴侣，百玩不厌。人倘理睬它一下，它就用姿态动作代替言语，和你大打交道。此时你即使有要事在身，也只得暂时撇开，与它应酬一下；即使有懊恼在心，也自会忘怀一切，笑逐颜开。哭的孩子看见了阿咪，会破涕为笑呢。

我家平日只有四个大人和半个小孩。半个小孩者，便是我女儿的干女儿，住在隔壁，每星期三天宿在家里，四天宿在这里，但白天总是上学。因此，我家白昼往往岑寂，写作的埋头写作，做家务的专心家务，肃静无声，有时竟象修道院。自从来了阿咪，家中忽

然热闹了。厨房里常有保姆的话声或骂声，其对象便是阿咪。室中常有陌生的笑谈声，是送信人或邮递员在欣赏阿咪。来客之中，送信人及邮递员最是枯燥，往往交了信件就走，绝少开口谈话。自从家里有了阿咪，这些客人亲昵得多了。常常因猫而问长问短，有说有笑，送出了信件还是流连不忍遽去。

访客之中，有的也很枯燥无味。他们是为公事或私事或礼貌而来的，谈话有的规矩严肃，有的噜苏疙瘩，有的虚空无聊，谈完了天气之后只得默守冷场。然而自从来了阿咪，我们的谈话有了插曲，有了调节，主客都舒畅了。有一个为正经而来的客人，正在侃侃而谈之时，看见阿咪姗姗而来，注意力便被吸引，不能再谈下去，甚至我问他也不回答了。又有一个客人向我叙述一件颇伤脑筋之事，谈话冗长曲折，连听者也很吃力。谈至中途，阿咪蹦跳而来，无端地仰卧在我面前了。这客人正在愤慨之际，忽然转怒为喜，停止发言，赞道："这猫很有趣！"便欣赏它，抚弄它，获得了片时的休息与调节。有一个客人带了个孩子来。我们谈话，孩子不感兴味，在旁枯坐。我家此时没有小主人陪小客人，我正抱歉，忽然阿咪从沙发下钻出，抱住了我的脚。于是大小客人共同欣赏阿咪，三人就团结一气了。

后来我应酬大客人，阿咪替我招待小客人，我这主人就放心了。原来小朋友最爱猫，和它厮伴半天，也不厌倦，甚至被它抓出了血也情愿。因为他们有一共通性：活泼好动。女孩子更喜欢猫，逗它玩它，抱它喂它，劳而不怨。因为她们也有个共通性：娇痴亲昵。

写到这里，我回想起已故的黄猫来了。这猫名叫"猫伯伯"。在我们故乡，伯伯不一定是尊称。我们称鬼为"鬼伯伯"，称贼为"贼伯伯"。故猫也不妨称为"猫伯伯"。大约过于特殊而引人注目的人物，都可讥讽地称之为伯伯。这猫的确是特殊而引人注目的。我的女儿最喜欢它，有时她正在写稿，忽然猫伯伯跳上书桌来，面对着她，端端正正地坐在稿纸上了。她不忍驱逐，就放下了笔，和它玩耍一会儿。有时它竟盘拢身体，就在稿纸上睡觉了，身体仿佛一堆牛粪，正好装满了一张稿纸。有一天，来了一位难得光临的贵客。我正襟危坐，专心应对。"久仰久仰""岂敢岂敢"，有似演剧。忽然猫伯伯跳上矮桌来，嗅嗅贵客的衣袖。我觉得太唐突，想赶走它。贵客却抚它的背，极口称赞："这猫真好！"话头转向了猫，紧张的演剧就变成了和乐的闲谈。后来我把猫伯伯抱开，放在地上，希望它去了，好让我们演完这一幕。岂知过得不久，忽然猫伯伯跳到沙发背后，迅速地爬上贵客的背脊，端端正正地坐在他的后颈上了！这贵客身体魁梧奇伟，背脊颇有些驼，坐着喝茶时，猫伯伯看来是个小山坡，爬上去很不吃力。此时我但见贵客的天官赐福的面孔上方，露出一个威风凛凛的猫头，画出来真好看呢！我以主人口气呵斥猫伯伯的无礼，一面起身捉猫。但贵客摇手阻止，把头低下，使山坡平坦些，让猫伯伯坐得舒服。如此甚好，我也何必做煞风景的主人呢？于是主客关系亲密起来，交情深入了一步。

可知猫是男女老幼一切人民大家喜爱的动物。猫的可爱，可说是群众意见。而实际上，如上所述，猫的确能化岑寂为热闹，变枯燥为生趣，转懊恼为欢笑；能助人亲善，教人团结。即使不捕老鼠，也有功于人生。

那么我今为猫写照，恐是未可厚非之事吧？猫伯伯行年四岁，短命而死。这阿咪青春尚只三个月。希望它长寿健康，像我老家的老猫一样，活到十八岁。这老猫是我的父亲的爱物。父亲晚酌时，它总是端坐在酒壶边。父亲常常摘些豆腐干喂它。六十年前之事，今犹历历在目呢。

猫

郑振铎

我家养了好几次猫，结局总是失踪或死亡。三妹是最喜欢猫的，她常在课后回家时，逗着猫玩。有一次，从隔壁要了一只新生的猫来。花白的毛，很活泼，如带着泥土的白雪球似的，常在廊前太阳光里滚来滚去。三妹常常取了一条红带，或一根绳子，在它面前来回地拖摇着，它便扑过来抢，又扑过去抢。我坐在藤椅上看着他们，可以微笑着消耗过一二小时的光阴，那时太阳光暖暖地照着，心上感着生命的新鲜与快乐。后来这只猫不知怎地忽然消瘦了，也不肯吃东西，光泽的毛也污涩了。终日躺在厅上的椅下，不肯出来。三妹想着种种方法逗它，它都不理会。我们都很替它忧郁。三妹特地买了一个很小很小的铜铃，用红绫带穿了，挂在它颈下，但只显得不相称，它只是毫无生意的、懒惰的、郁闷的躺着。有一天中午，我从编译所回来，三妹很难过的说道："哥哥，小猫死了！"

我心里也感着一缕的酸辛，可怜这两月来相伴的小侣！当时只得安慰着三妹道："不要紧，我再向别处要一只来给你。"

隔了几天，二妹从虹口舅舅家里回来，她道，舅舅那里有三四只小猫，很有趣，正要送给人家。三妹便怂恿着她去拿一只来。礼拜天，母亲回来了，却带了一只浑身黄色的小猫回来。立刻引起三妹的注意，又被这只黄色小猫吸引去了。这只小猫较第一只更有趣，更活泼。它在园中乱跑，又会爬树，有时蝴蝶安详地飞过时，它也会扑过去捉。它似乎太活泼了，一点也不怕生人，有时由树上跃到墙上，又跑到街上，在那里晒太阳。我们都很为它提心吊胆，一天都要"小猫呢？小猫呢？"地查问好几次。每次总要寻找了一回，方才寻到。三妹常指它笑着骂道："你这小猫呀，要被乞丐捉去后才不会乱跑呢！"我回家吃中饭，总看见它坐在铁门外边，一见我进门，便飞也似的跑进去了。饭后的娱乐，是看它在爬树。隐身在阳光隐约里的绿叶中，好像在等待着要捉捕什么似的。把它捉了下来，又极快地爬上去了。过了二三个月，它会捉鼠了。有一次，居然捉到一只很肥大的鼠，自此，夜间便不再听见讨厌的吱吱的声了。

某一日清晨，我起床来，披了衣下楼，没有看见小猫，在小园里找了一遍，也不见。心里便有些亡失的预警。

"三妹，小猫呢？"

她慌忙地跑下楼来，答道："我刚才也寻了一遍，没有看见。"

家里的人都忙乱地在寻找，但终于不见。

李嫂道："我一早起来开门，还见它在厅上。烧饭时，才不见了它。"

大家都不高兴，好象亡失了一个亲爱的同伴，连向来不大喜欢它的张妈也说："可惜，可惜，这样好的一只小猫。"

这使我心里还有一线希望，以为它偶然跑到远处去，也许会认得归途的。

午饭时，张婶诉说道："刚才遇到隔壁周家的丫头，她说，早上看见我家的小猫在门外，被一个过路的人捉去了。"

于是这个亡失证实了。三妹很不高兴的，咕噜着道："他们看见了，为什么不出来阻止？他们明晓得它是我家的！"

我也怅然的，愤恨的，在诅骂着那个不知名的夺去我们所爱的东西的人。

自此，我家好久不养猫。

冬天的早晨，门口蜷伏着一只很可怜的小猫。毛色是花白，但并不好看，又很瘦。它伏着不去。我们如不取来留养，至少也要为冬寒与饥饿所杀。张婶把它拾了进来，每天给它饭吃。但大家都不大喜欢它，它不活泼，也不像别的小猫之喜欢顽游，好象是具有天生的忧郁性似的，连三妹那样爱猫的，对于它，也不加注意。如此的，过了几个月，它在我家仍是一只若有若无的动物，它渐渐地肥胖了，但仍不活泼。大家在廊前晒太阳闲谈着时，它也常来蜷伏在母亲和三妹的足下。三妹有时也逗着它玩，但没有对于前几只小猫那样感兴趣。有一天，它因夜里冷，钻到火炉底下去，毛被烧脱好几块，更觉得难看了。

春天来了，它成了一只壮猫了，却仍不改它的忧郁性，也不去捉鼠，终日懒惰地伏着，吃得胖胖的。

这时，妻买了一对黄色的芙蓉鸟来，挂在廊前，叫得很好听。妻常常叮嘱着张婶换水，加鸟粮，洗刷笼子。那只花白猫对于这一对黄鸟，似乎也特别注意，常常跳在桌上，对鸟笼凝望着。

妻道："张婶，留心猫，它会吃鸟呢。"

张婶便跑来把猫捉了去，隔一会儿，它又跳上桌子对鸟笼凝望着了。

一天，我下楼时，听见张妈在叫道："鸟死了一只，一条腿被咬去了，笼板上都是血。是什么东西把它咬死的？"

我匆匆跑下去看，果然一只鸟是死了，羽毛松散着，好像它曾与它的敌人挣扎了许久。

我很愤怒，叫道："一定是猫，一定是猫！"于是立刻便去找它。

妻听见了，也匆匆地跑下来，看了死鸟，很难过，便道："不是这猫咬死的还有谁？它常常对鸟笼望着，我早就叫张妈要小心了。张妈！你为什么不小心？"

张妈默默无言，不能有什么话来辩护。

于是猫的罪状证实了。大家都去找这可厌的猫，想给它以一顿惩戒。找了半天，却没找到。真是"畏罪潜逃"了，我以为。

三妹在楼上叫道："猫在这里了。"

它躺在露台板上晒太阳，态度很安详，嘴里好象还在吃着什么。我想，它一定是在吃着这可怜的鸟的腿了，一时怒气冲天，拿起楼门旁倚着的一根木棒，追过去打了一下。它很悲楚地叫了一声"咪呜！"便逃到屋瓦上了。

我心里还愤愤的，以为惩戒得还没有快意。

隔了几天，李嫂在楼下叫道："猫，猫！又来吃鸟了。"同时我看见一只黑猫飞快的逃过露台，嘴里衔着一只黄鸟。我开始觉得我是错了！

我心里十分的难过，真的，我的良心受伤了，我没有判断明白，便妄下断语，冤苦了一只不能说话辩诉的动物。想到它的无抵抗的逃避，益使我感到我的暴怒，我的虐待，都是针，刺我的良心的针！

　　我很想补救我的过失，但它是不能说话的，我将怎样地对它表白我的误解呢？

　　两个月后，我们的猫忽然死在邻家的屋脊上。我对于它的亡失，比以前的两只猫的亡失，更难过得多。

　　我永无改正我的过失的机会了！

　　自此，我家永不养猫。

我喜爱小动物

冰心

我喜爱小动物。这个传统是从谢家来的，我的父亲就非常地喜爱马和狗，马当然不能算只小动物了。自从一九一三年我们迁居北京以后，住在一所三合院里，马是养不起的了，可是我们家里不断地养着各种的小狗——我的大弟弟为涵在他刚会写作文的年龄，大约是十二岁吧，就写了一本《家犬列传》，记下了我家历年来养过的几只小狗。狗是一种最有人情味的小动物，和主人亲密无间，忠诚不贰，这都不必说了，而且每只狗的性格、能耐、嗜好也都不相同。比如"小黄"就是只"爱管闲事"的小狗，它专爱抓老鼠，夜里就蹲在屋角，侦伺老鼠的出动。而"哈奇"却喜欢泅水。每逢弟弟们到北海划船，它定在船后泅水跟着。当弟弟们划完船从北海骑车回家，它总是浑身精湿地跟在车后飞跑，惹得我们胡同里倚门看街的老太太们喊："学生！别让你的狗跑啦，看它跑得这一身大汗。"我的弟弟们都笑了。

我家还有一只很娇小又不大活动的"北京狗"，那是一位旗人老太太珍重地送给我母亲的。这个"小花"有着黑白相间的长毛，脸上的长毛连眼睛都盖住了。母亲便用红头绳给它梳一根"朝天杵"

式的辫子，十分娇憨可爱，它是唯一的被母亲许可走近她身边的小狗，因为母亲太爱干净了。当一九二七年我们家从北京搬到上海时，父亲买了两张半价车票把"哈奇"和"小花"都带到上海，可是到达的第二天，"小花"就不见了，一般"北京狗"十分金贵，一定是被人偷走了，我们一家人，尤其是母亲，难过了许多日子！

谢家从来没养过猫。人家都说"狗投穷，猫投富"。因为猫会上树、上房，看见哪家有好吃的便向哪家跑。狗就不是这样！我永远也忘不了，四十年代我们住在重庆郊外歌乐山时，我的小女儿吴青从山路上抱回一只没人要的小黄狗，那时我们人都吃不好，别说喂狗了。抗战胜利后，我们离开重庆时，就将这只小黄狗送给山上在金城银行工作的一位朋友。后来听我的朋友说，它就是不肯吃食——金城银行的宿舍里有许多人养狗，他们的狗食，当然比我们家的丰富得多，然而那只小黄狗竟然绝粒而死在"潜庐"的廊上！写到此我不禁落下了眼泪。

一九四七年后，我们到了日本，我的在美国同学的日本朋友，有一位送了一只白狗，有一位送了一只黑猫，给我们的孩子们。这两只良种的狗和猫，不但十分活泼，而且互相友好，一同睡在一只大篮子里，猫若是出去了很晚不回来，狗也不肯睡觉。一九五一年我们回国来，便把这两只小动物送给了儿女们的小朋友。

现在我们住的是学院里的楼房，北京又不许养狗。我们有过养猫的经验，知道了猫和主人也有很深的感情。我的小吴青十分兴奋地从我们的朋友宋蜀华家里抱了三只新生的小白猫让我挑，我挑了"咪咪"，因为它有一只黑尾巴，身上有三处黑点，我说："这猫是有名堂的，叫'鞭打绣球'。就要它吧。"关于这段故事，我曾在小说《明子和咪子》中描写过了。咪咪不算是我养的，因为我不能

亲自喂它，也不能替它洗澡，——它的毛很长又厚，洗澡完了要用大毛巾擦，还得用吹风机吹。吴青夫妇每天给它买小鱼和着米饭喂它，但是它除了三顿好饭之外，每天在我早、午休之后还要到我的书桌上来吃"点心"，那是广州精制的鱼片。只要我一起床，就看见它从我的窗台上跳下来，绕着我在地上打滚，直到我把一包鱼片撕碎喂完，它才乖乖地顺我的手势指向，跳到我的床上蜷卧下来，一直能睡到午间。

近来吴青的儿子陈钢，又从罗慎仪——我们的好友罗莘田的女儿——家里抱来一只纯白的蓝眼的波斯猫，因为它有个"奔儿头"，我们就叫它"奔儿奔儿"。它比"咪咪"小得多而且十分淘气，常常跳到蜷卧在我床上的咪咪身上，去逗它，咬它！咪咪是老实的，实在被咬急了，才弓起身来回咬一口，这一口当然也不轻！

我讨厌"奔儿奔儿"，因为它欺负咪咪，我从来不给它鱼片吃。吴青他们都笑说偏心！

给自己买花，
陪自己长大

恋爱，也不是一样吗？人活着，有了恋爱。对方不一定是人。花也行。

朱砂梅与百合

汪曾祺

朱砂梅一半开在树上，一半开在瓶里。第一个原因是花的性格，其次才由于人性。这种花每一朵至少有三个星期可见生命，自然谢落之后是不计算在内的，只要一点点水，不把香，红，动，静，总之，它的蕊盛开了，决不肯死，而且它把所有力量倾注于盛开，能多久就多久。

有一种百合花呢，插下来时是一朵蕾儿，裹得那么紧，含着羞，于自己的美；随便搁在哪儿吧，也许出于怜惜，也许出于疏忽的偶然，你，在鬓边，过两天，你已经忘了这回事，但你的眼睛终会忽然在镜里为惊异注满光和黑。——它开了，开得那么好！

寂寞

蔡澜

在花墟，何太太和陈宝珠小姐问我："你最喜欢哪种花？"

"牡丹。"我毫不犹豫。

当今的牡丹，都由荷兰运来，很大朵。粉红色的最普遍，也有鲜红的。

曾经一度在花墟已看不到牡丹了。

"太贵。"花店老板说，"又不堪摆，两三天都开尽了，没人来买就那么白白浪费。"

人各有志，嗜好不同。我觉得花五块十块买六合彩也很贵，马季中下下注更是乱花钱，打游戏机打个一百两百，非我所好也。

一般买五朵，当晚就怒放，粉红色的开得最快，能摆个两三天，已经算好。但最懊恼的是其中两个花蕾一点动静也没有。我们南洋人称之为"鲁古"，已成为白痴的意思。

何太太和陈宝珠小姐买了一束，分手时送给了我，受宠若惊。她们选的是深红色的，近于紫的新品种，非常罕见。价钱要比粉红色的还要贵。

回到家插进备前烧的花瓶中，当晚开了三朵，花瓣像丝绒，美不胜收。而且，到了半夜，发出一阵阵的幽香。

第二天，第三天，其他的那两个花蕾保持原状，是否又是"鲁古"了？

跑去花店询问，老板一向沉默寡言，伸出二指。

是过两天一定开的意思吧。到第四天开了一朵，第五天再一朵，盛放的那前三朵已经凋谢，花瓣落满地板上，不规则地，像抽象画，另一番美态。

临走时还记得花店老板的叮咛：把干剪掉一点。照办，果然见效，牡丹还有一个特点：别的花，插在水里，浸后枝干发出异味，只有牡丹是例外，百多块钱换来近一星期的欢乐，谁说贵了？请大家快点帮衬，不然花店不进口，我们又要寂寞了。

梨花

许地山

她们还在园里玩，也不理会细雨丝丝穿入她们底罗衣。

池边梨花底颜色被雨洗得更白净了，但朵朵都懒懒地垂着。

姊姊说："你看，花儿都倦得要睡了！"

"待我来摇醒它们。"

姊姊不及发言，妹妹底手早已抓住树枝摇了几下，花瓣和水珠纷纷地落下来，铺得银片满地，煞是好玩。

妹妹说："好玩啊，花瓣一离开树枝，就活动起来了！"

"活动什么？你看，花儿底泪都滴在我身上哪。"姊姊说这话时，带着几分怒气，推了妹妹一下。她接着说："我不和你玩了，你自己在这里罢。"

妹妹见姊姊走了，直站在树下出神。停了半晌，老妈子走来，牵着她，一面走着，说："你看，你的衣服都湿透了；在阴雨天，每日要换几次衣服，教人到哪里找太阳给你晒去呢？"

落下来底花瓣，有些被她们底鞋印入泥中；有些粘在妹妹身上，被她带走；有些浮在池面，被鱼儿衔入水里。那多情的燕子不歇把鞋印上的残瓣和软泥一同衔在口中，到梁间去构成它们的香巢。

海棠花下

——和叶老的末一次相见

冰心

好几年以前，圣陶老人就约我去他家赏海棠花了，但是每年到了花时，不是叶老不适，就是我病了，直到去年春天，才实践了看花之约。

那天天气晴朗，民进中央派来了两辆小车和一位同志，把我和女儿吴青一家（因为他们一直是和我同住）接到叶老家去。我的女婿陈恕，带了一架录像机，我的外孙陈钢，带了一架照相机，兴冲冲地我们一同上了车。

到了叶家门口，至善同志已在门口欢迎了。我扶着助步器由吴青他们簇拥着进了这所宽大整洁的四合院的外院，又进入了内院，叶老已经笑容满面地从雪白的海棠花树下站了起来。老人精神极好。我们紧紧地握手，然后才仰首看花，又低下头来叙谈。这时录像机和照相机都忙个不停，我女儿吴青却抱起叶老旁边的一只卷毛的小黑狗，抚摸着，笑着说："这小狗真乖。"

我们又从花下进入了堂屋，屋里摆设得十分雅致，房屋隔扇框里也都有书画。我有好多时候没有见到过这样精致的真正的北京四

084

合院了。

至善指点着叶老宽大的卧室墙上一张叶老夫人的相片，说："这是他们结婚后七个月照的。"我笑着同至善说："那时候还没有你呢！"大家都笑了。

时间过得真快，我向叶老献上我带去的一个小月季花篮，叶老还赠我一个很精美的小黑胆瓶，里面插着三朵他们花圃里长的三支黄色的郁金香。

回家的路上，我捧着那个小胆瓶，从车里外望，仿佛北京城里处处都是笑吟吟的人！

牵牛花

叶圣陶

手种牵牛花，接连有三四年了。水门汀地没法下种，种在十来个瓦盆里。泥是今年又明年反复用着的，无从取得新的泥来加入。曾与铁路轨道旁种地的那个北方人商量，愿出钱向他买一点儿，他不肯。

从城隍庙的花店里买了一包过磷酸骨粉，搀和在每一盆泥里，这算代替了新泥。

瓦盆排列在墙脚，从墙头垂下十条麻线，每两条距离七八寸，让牵牛的藤蔓缠绕上去。这是今年的新计划，往年是把瓦盆摆在三尺光景高的木架子上的。这样，藤蔓很容易爬到了墙头；随后长出来的互相纠缠着，因自身的重量倒垂下来，但末梢的嫩条便又蛇头一般仰起向上伸，与别组的嫩条纠缠，待不胜重量时重演那把老把戏；因此墙头往往堆积着繁密的叶和花，与墙腰的部分不相称。今年从墙脚爬起，沿墙多了三尺光景的路程，或者会好一点儿；而且，这就将有一垛完全是叶和花的墙。

藤蔓从两瓣子叶中间引伸出来以后，不到一个月工夫，爬得最快的几株将要齐墙头了。每一个叶柄处生一个花蕾，像谷粒那么大，便转黄萎去。据几年来的经验，知道起头的一批花蕾是开不出来的；到后来发育更见旺盛，新的叶蔓比近根部的肥大，那时的花蕾才开得成。

今年的叶格外绿，绿得鲜明；又格外厚，仿佛丝绒剪成的。这自然是过磷酸骨粉的功效。他日花开，可以推知将比往年的盛大。

但兴趣并不专在看花，种了这小东西，庭中就成为系人心情的所在，早上才起，工毕回来，不觉总要在那里小立一会儿。那藤蔓缠着麻线卷上去，嫩绿的头看似静止的，并不动弹；实际却无时不回旋向上，在先朝这边，停一歇再看，它便朝那边了。前一晚只是绿豆般大粒嫩头，早起看时，便已透出二三寸长的新条，缀一两张长满细白绒毛的小叶子，叶柄处是仅能辨认形状的小花蕾，而末梢又有了绿豆般大一粒嫩头。有时认着墙上的斑剥痕想，明天未必便爬到那里吧；但出乎意外，明晨竟爬到了斑剥痕之上；好努力的一夜功夫！"生之力"不可得见；在这样小立静观的当儿，却默契了"生之力"了。渐渐地，浑忘意想，复何言说，只呆对着这一墙绿叶。

即使没有花，兴趣未尝短少；何况他日花开，将比往年盛大呢。

天南地北的花

冰心

　　我从小爱花，因为院里、屋里、案头经常有花，但是我从来没有侍弄过花！对于花的美的享受，我从来就是一个"不劳而获"者。

　　我的父亲，业余只喜欢种花，无论住到哪里，庭院里一定要开辟个花畦。我刚懂事时，记得父亲在烟台海军学校职工宿舍院里，就开辟几个花坛，花坛中间种的是果木树，有桃、李、杏、梨、苹果、花红等。春天来了，这些果树就一批一批地开起灿若云锦的花。在果树周围还种有江西腊，秋天就有各种颜色的菊花。到了冬天，就什么花也没有了。辛亥革命那年，全家回到福州去，季节已是初冬，却是绿意迎人，祖父的花园里，还开着海棠花！春天来到，我第一次看到了莲花和兰花。莲花是种在一口一口的大缸里，莲叶田田，莲花都是红色的，不但有并蒂的，还有三蒂和四蒂的，也不知道祖父是怎样侍弄出来的？兰花还最娇贵，一盆一盆地摆在一条长凳上，凳子的四条腿下各垫着一个盛满水的小盘子，为的是防止蚂蚁爬上去吃花露。兰花的肥料，是很臭的黑豆水，剪兰花必须用竹剪子，对于这些，祖父都不怕臭也很耐烦！祖父一辈子爱花，我看他一进花园，就卷起袖子，撩起长衫，拿起花铲或花锄，蹲下去松土、除虫、施肥，又站起拿起喷壶，来回浇灌。那动作神情，和父亲一模一样，应该说父亲的动作神情和祖父一模一样！我曾看见过他的老友送给他的一首回文诗，是：

> 最高华独羡君家，
> 独羡君家爱种花。
> 家爱种花都似画，
> 花都似画最高华。

画出来便是这样的：

```
        最高
      画    华
    似        独
    都        羡
    花        君
    种        家
        爱
```

我记得为了祖父汲水方便，父亲还请了打井师傅在花园里掘了一口井。打井时我们都在旁边看着。掘到深处，那位老师傅只和父亲坐在井边吸着水烟袋，一边闲谈。那个小伙子徒弟在井下一锄一锄地掘着，那口井不浅，井里面一定很凉，他却很高兴地不停唱着民间小调，我记得他唱"腊梅姐呵腊梅姐！落井凄凉呵，腊梅姐。"——"落井"是福州方言"下井"的意思——那位老师傅似怜似惜地笑着摇头对父亲说："到底是后生仔，年轻呵！"

一年后到了北京，父亲又在很小的寓所院子里，挖了花坛，种

了美人蕉、江西腊之类很一般的花。后来这个花的园地，一直延伸到大门外去。他在门外的大院里、我们的家门口种着蜀葵、野茉莉等更是平凡的花，还立起一个秋千架。虽然也有一道篱笆，而到这大院里来放风筝、抖空竹、练自行车的小孩子们，还都来看花、打秋千，和我的弟弟们一块儿玩耍。

二十年代初，我入了协和女子大学，一进校门，便看见大礼堂门前两廊下开满了大红的玫瑰花，这是玫瑰花第一次打进了我的眼帘！我很奇怪我的祖父和父亲为什么都没有种过玫瑰？从那时起我觉得在百花之中，我最喜欢的是玫瑰花，她不但有清淡的香气，明艳的颜色，而且还有自卫的尖硬的刺！

三十年代初，我有自己的家了。我在院子里种上丁香、迎春和珍珠梅，搭了一个藤萝花架，又在廊前种上两行白玫瑰花。但是我还是没有去侍弄她们！因为文藻的母亲——我的婆母，她也十分爱花，又闲着没事，便把整天的光阴都消磨在这小院里，她还体谅我怕殡人的花香，如金银花、丁香花、夜来香、白玉兰之类，于是在剪花插花的时候，她也只挑些香气清淡的或有色无香的花，如玫瑰花、迎春花之类。这就使我想起从前我的父亲只在我的屋里放上一盆桂花或水仙，而给桂花浇水或替水仙洗根，还是他的工作——至于兰花，是离开福州之后，我就无福享受这"王者之香"了。

四十年代初，我住在四川的歌乐山。我的那座土房子，既没有围墙，周围也没有一块平地，那时只能在山坡上种上些佐餐的瓜菜。然而山上却有各种颜色的野杜鹃花，在山中散步时，随手折了些来，我的案头仍旧是五彩缤纷。这是大自然的赐予，这是天公侍弄的花！

五十年代直到现在，我住的都是学校宿舍，又在楼上，没有属于我的园地；但幸运也因之而来！这座大楼里有几位年轻的朋友，都在自己屋前篱内种上我最喜爱的玫瑰花。他们看到我总在他们篱外流连忘返，便心领神会地在每天清早浇花之后，给我送几朵凝香带露的玫瑰花来，使得我的窗台和书桌上，经常有香花供养着。

八十年代初，我四次住进了医院，这些年轻人还把花送到医院里。如今呢，他们大展鸿图，创办了"东方玫瑰花公司"，每星期一定给我送两次花来，虽然我要求他们公事公办，他们还只让我付出极少的象征性的买花钱。我看我这不劳而获的剥削者的帽子，是永远也摘不掉的了！

昆明的花

——昆明忆旧之六

汪曾祺

茶花

张岱的文章里不止一次提到"滇茶一本"，云南茶花驰名久矣。茶花曾被选为云南省花。曾见过一本《云南茶花》照相画册，印制得很精美，大概就是那一年编印的。茶花品种很多，颜色、花形各异。滇茶为全国第一，在全世界也是有数的。这大概是因为云南的气候土壤都于茶花特别相宜。

西山某寺（偶忘寺名）有一棵很大的红茶花。一棵茶花，占了大雄宝殿前的院子的一多半，——寺庙的庭院都是很大的。花开时，至少有上百朵，花皆如汤碗口大。碧绿的厚叶子，通红的花头，使人不暇仔细观赏，只觉得烈烈轰轰的一大片，真是壮观。寺里的和尚怕树身负担不了那么多花头的重量，用杉木搭了很大的架子，支撑着四面的枝条。我一生没有看见过这样高大的茶花。

茶花的花期很长。我似乎没有见过一朵凋败在树上的茶花。这也是茶花的可贵处。

汤显祖把他的居室名为"玉茗堂"。俞平伯先生在一篇文章里说，玉茗是一种名贵的白茶花。我在《云南茶花》那本画册里好像没有发现"玉茗"这一名称。不过我相信云南是一定有玉茗的，也许叫做什么别的名字。

樱花

春雨既足，风和日暖，圆通公园樱花盛开。花开时，游人很多，蜜蜂也很多。圆通公园多假山，樱花就开在假山的上上下下。樱花无姿态，花形也平常，不耐细看，但是当得一个"盛"字。那么多的花，如同明霞绛雪，真是热闹！身在耀眼的花光之中，满耳是嗡嗡的蜜蜂声音，使人觉得有点晕晕忽忽的。此时人与樱花已经融为一体。风和日暖，人在花中，不辨为人为花。

兰花

曾到一位绅士家作客，——他的女儿是我们的同学。这位绅士曾经当过一任教育总长，多年闲居在家，每天除了看看报纸，研究在很远的地方进行的战争，谈谈中国的线装书和法国小说，剩下的嗜好是种兰花。他的客厅里摆着几十盆兰花。这间屋子仿佛已为兰花的香气所窨透，纱窗竹帘，无不带有淡淡的清香。屋里屋外都静极了。坐在这间客厅里，用细瓷盖碗喝着"滇绿"，看看披拂的兰叶，清秀素雅的兰花箭子，闻嗅着兰花的香气，真不知身在何世。

我的一位老师曾在呈贡桃园住过几年。他的房东也是爱种兰花的。隔了差不多四十年，这位先生还健在，已经是一位老者了。经过"文化大革命"，他的兰花居然保存了下来。他的女儿要到北京来玩，劝说她父亲也到北京走走，老人不同意，他说："我的这些

兰花咋个整?"

缅桂花

昆明缅桂花多,树大,叶茂,花繁。每到雨季,一城都是缅桂花的浓香,我已于《昆明的雨》中说及,不复赘。

粉团花

粉团花即绣球。昆明人谓之"粉团",亦有理致。

云南民歌"阿妹好像粉团花",用绣球花来比拟少女,别处的民歌里好像还未见过。于此可见云南绣球甚多,遍布城乡,所以歌手们能近取譬。

康乃馨·菖兰·夜来香

康乃馨昆明人谓之洋牡丹,菖兰即剑兰,夜来香在有的地方叫做晚香玉。这都是插瓶的花。康乃馨有红的、粉的、白的。菖兰的颜色更多,粉色的,白色的,黄色的,紫得发黑的。夜来香洁白如玉。昆明近日楼有一个很大的花市,卖花人把水灵灵的鲜花摊在一片芭蕉叶上卖。鲜花皆烂贱,买一大把鲜花和称二斤青菜的价钱差不多。

美人蕉和波斯菊

波斯菊叶子极细碎轻柔。花粉紫色,单瓣;瓣极薄。微风吹拂,花叶动摇,如梦如烟。

我原以为波斯菊只有南方有,后来在张家口坝上沽源县的街头也看见了这种花,只是塞北少雨水,花开得不如昆明滋润。在沽源

看见波斯菊使我非常惊喜，因为它使我一下子想起了昆明。

波斯菊真是从波斯传来的么？那么你是一位远客了。

昆明的美人蕉皆极壮大，花也大，浓红如鲜血。红花绿叶，对比鲜明。我曾到郊区一中学去看一个朋友，未遇。学校已经放了暑假，一个人没有，安安静静的，校园的花圃里一大片美人蕉赫然地开着鲜红鲜红的大花。我感到一种特殊的、颜色强烈的寂寞。

叶子花

叶子花别处好像是叫做三角梅，昆明人就老是不客气地叫它叶子花，因为它的花瓣和叶子完全一样，只是长条的顶端的十几撮花的颜色是紫红的，而下边的叶子是深绿的。青莲街拐角有一家很大的公馆，围墙的墙头上种的都是叶子花。墙头上种花，少有！

报春花

我想查一查报春花的资料。家里只有一本《辞海》。我相信《辞海》里是不会收这一条的。报春花不是名花。但我还是抱着姑且查查看的心情翻开了《辞海》，不料竟有！

报春花……一年生草本。叶基生，长卵形，顶端圆钝，基部楔形或心形，边缘有不整齐缺裂，缺裂具细锯齿，上面被纤毛，下面有白粉或疏毛。秋季开花，花高脚碟状，红色或淡紫色，伞形花序2~4轮，蒴果球形。多生于荒野、田边。原产我国云南、贵州。各地栽培，供观赏。

　　不错，不错！就是它，就是它！难得是它把报春花描写得这样仔细，尤其使我欢喜的，是它告诉我云南是报春花的老家。

　　我在北京的一家花店里重遇报春花，栽在花盆里，标价一元一盆。我不禁冷笑了：这种东西也卖钱！我们在昆明市，到田边散步，一扯就是一大把！

养花

老舍

我爱花，所以也爱养花。我可还没成为养花专家，因为没有工夫去做研究与试验。我只把养花当作生活中的一种乐趣，花开得大小好坏都不计较，只要开花，我就高兴。在我的小院中，到夏天，满是花草，小猫儿们只好上房去玩耍，地上没有它们的运动场。

花虽多，但无奇花异草。珍贵的花草不易养活，看着一棵好花生病欲死是件难过的事。我不愿时时落泪。北京的气候，对养花来说，不算很好。冬天冷，春天多风，夏天不是干旱就是大雨倾盆；秋天最好，可是忽然会闹霜冻。在这种气候里，想把南方的好花养活，我还没有那么大的本事。因此，我只养些好种易活、自己会奋斗的花草。

不过，尽管花草自己会奋斗，我若置之不理，任其自生自灭，它们多数还是会死了的。我得天天照管它们，像好朋友似的关切它们。

一来二去，我摸着一些门道：有的喜阴，就别放在太阳地里，有的喜干，就别多浇水。这是个乐趣，摸住门道，花草养活了，而且三年五载老活着、开花，多么有意思呀！不是乱吹，这就是知识

呀！多得些知识，一定不是坏事。

我不是有腿病吗？不但不利于行，也不利于久坐。我不知道花草们受我的照顾，感谢我不感谢；我可得感谢它们。在我工作的时候，我总是写了几十个字，就到院中去看看，浇浇这棵，搬搬那盆，然后回到屋中再写一点，然后再出去，如此循环，把脑力劳动与体力劳动结合到一起，有益身心，胜于吃药。要是赶上狂风暴雨或天气突变哪，就得全家动员，抢救花草，十分紧张。几百盆花，都要很快地抢到屋里去，使人腰酸腿疼，热汗直流。第二天，天气好转，又得把花儿都搬出去，就又一次腰酸腿疼，热汗直流。可是，这多么有意思呀！不劳动，连棵花儿也养不活，这难道不是真理吗？

送牛奶的同志，进门就夸"好香"！这使我们全家都感到骄傲。

赶到昙花开放的时候，约几位朋友来看看，更有秉烛夜游的神气——昙花总在夜里放蕊。花儿分根了，一棵分为数棵，就赠给朋友们一些；看着友人拿走自己的劳动果实，心里自然特别喜欢。

当然，也有伤心的时候，今年夏天就有这么一回。三百株菊秧还在地上（没到移入盆中的时候），下了暴雨。邻家的墙倒了下来，菊秧被砸死者三十多种，一百多棵！全家都几天没有笑容！

有喜有忧，有笑有泪，有花有实，有香有色，既须劳动，又长见识，这就是养花的乐趣。

不知有花

张晓风

那时候，是五月，桐花在一夜之间，攻占了所有的山头。历史或者是由一个一个的英雄豪杰叠成的，但岁月——岁月对我而言是花和花的禅让所缔造的。

桐花极白，极矜持，花心却又泄露些许微红。我和我的朋友都认定这花有点诡秘——平日守口如瓶，一旦花开，则所向披靡，灿如一片低飞的云，无一处不被。

车子停在一个小客家山村，走过紫苏茂生的小径，我们站在高大的桐树下。山路上落满白花，每一块石头都因为有花罩着而极尽温柔，彷佛战马一旦披上绣帔，也可以供女子骑乘。

——而阳光那么好，像一种叫"桂花蜜酿"的酒，人走到林子深处，不免叹息气短，对着这惊心动魄的手笔感到无能为力，强大的美有时令人虚脱。

忽然有个妇人行来，赭红的皮肤特别像那一带泥土的色调。

"你们来找人？"

"我们——来看花。"

"花？"妇人匆匆往前赶路，一面丢下一句，"哪有花？"

由于她并不要求答案，我们也噤然不知如何接腔，只是相顾愕然，如此满山满林扑面迎鼻的桐花，她居然问我们："哪有花？"

但风过处花落如雨，似乎也并不反对她的说法。忽然，我懂了，这是她的家，这前山后山的桐树是他们的农作物，是大型的庄稼。而农人对他们作物的花，一向是视而不见的。在他们看来，玫瑰是花，剑兰是花，菊是花，至于稻花、桐花，那是不算的。

使我们为之绝倒发痴的花，她竟可以担着水夷然走过千遍，并且说："花？哪里有花？"

我想起少年游狮头山，站在庵前看晚霞落日，只觉如万艳争流竞渡，一片西天华美到几乎受伤的地步，忍不住反身对行过的老尼说："快看那落日！"

她安静垂眉道："天天都是这样的！"

事隔二十年，这山村女子的口气，同那老尼竟如此相似，我不禁暗暗嫉妒起来。

我自己一向是大惊小怪的。我是禁不得星之灿烂与花之暖香的人。我是来自城市的狂乱执迷之人，我没有办法"处美不惊"。唐人刘禹锡在友人家里见到一位绝色歌姬，对于友人能日日安然无恙地面对美人，不禁大感惊讶。他说："司空见惯浑闲事，断尽苏州刺史肠。"翻成白话就是："我的朋友司空大人对美已经有了免疫能力了，而我却注定完蛋，这种美，是会把我置之于死地的啊！"

不为花而目醉神迷、惊愕叹息的，才是花的主人吧？对那大声地问我"花？哪有花？"的山村妇人而言，花是树的一部分，树是山林地的一部分，山林地是生活的一部分，而生活是浑然大化的一部分。她与花可以像山与云，相亲相融而不相知。

宋人张在的诗谓："南邻北舍牡丹开，年少寻芳日几回。唯有

君家老柏树，春风来似不曾来。"好个"春风来似不曾来"，众芳
为春风迷醉成痴的时候，竟有一株翠柏独能挺得住，不落万仞情劫。

年年桐花开的时候，我总想起那妇人，步过花潮花汐而不知有
花的妇人，并且暗暗嫉妒。

恋爱

蔡澜

很多旅游点的资源，政府都不会去发展，九龙太子道上的花墟，是其中之一。

大小花店、盆栽、插花用具都齐全，在那里，你可以买到所有与花有关的商品，还有一间小店，卖各种草药，走路鸡鸡蛋和本地泥土种出的香蕉，也很特别。

再走过去一点，就是鸟市场。黎明，这里是金鱼贩卖的集中地。

停泊在路旁的货车，载着大量的姜花，那阵幽香，是清新的。不然也有大批的剑兰出售。一向认为剑兰才是代表香港的花，充满怀旧色彩，带人到另一时空。

来花墟的人，总有一分文化气息。朋友和我都赞同，爱花之人，好人居多。

多少女孩子，都曾经做过开花店的梦。诗歌小说电影之内，花店的女主人，都是漂亮的、好静的、文雅的。

在墨尔本生活时，就认识过一位活生生的花店女主人，她每天清晨老远地跑去批发市场入货，推着辆大人力车，一点也不觉辛苦。

"你是什么时候开始想卖花？哪来的勇气？"我问。

她笑了："爱花。爱到执着时。"

道理就是那么简单，和爱一个人一样，你会牺牲一切。

"失败了呢？"

"失败再说吧，至少你可以说已经尝试过。"她说。

看准了一个目的，成功率较大。比方说你爱牡丹，就专门研究牡丹，成为专家，卖得出色。别人一想起牡丹，就想起你的店。花墟里，有很多家专卖兰花的，都站得很稳。

太花心了，变成没有个性。杂不弄通，什么都卖的店，你不会记得。

恋爱，也不是一样吗？人活着，有了恋爱。对方不一定是人。花也行。

爱是一个人的事情，爱就是了

前回我骂一个学生为恋爱问题读书不努力，今天才知道我自己也一样。

生活的孤独并非寂寞，而灵魂的孤独无助才是寂寞。

生活的孤独并非寂寞，而灵魂的孤独无助才是寂寞

朱生豪

钟情

你相不相信"一见钟情"这句话？如果不相信，我希望你相信。因为昨天有一个人来看我，我们看影戏，我们逛公园，她非常可爱，我交关喜欢她。我说，她简直跟你一样好，只不知道她是不是便是你？也许我不过做了个梦也说不定。

亲爱的小鬼，我要对你说些什么肉麻的话才好耶？我只想吃了你，吃了你。

鸭　廿五

等待

好：

谢谢你给我一个等待。做人最好常在等待中，须是一个辽远的期望，不给你到达最后的终点，但一天比一天更接近这目标，永远是渴望，不实现也不摧毁，每天发现新的欢喜，是鼓舞而不是完全

的满足。顶好是一切希望完全化为事实，在生命终了前的一秒钟中。

我仍是幸福的，我永远是幸福的。世间的苦不算甚么，你看我灵魂不曾有一天离开过你。

祝福你！

朱 十五下午

折磨

好：

我希望世上有两个宋清如，我爱第一个宋清如，但和第二个宋清如通着信，我并不爱第二个宋清如，我对第二个宋清如所说的话，意中都指着第一个宋清如，但第一个宋清如甚至不知道我的存在。要你知道我爱你，真是太乏味的事，为什么我不从头开始起就保守秘密呢？

为什么我一想起你来，你总是那么小，小得可以藏在衣袋里？我伸手向衣袋里一摸，衣袋里果然有一个宋清如，不过她已变成一把小刀（你古时候送给我的）。

我很悲伤，因为知道我们死后将不会在一起，你一定到天上去无疑，我却已把灵魂卖给魔鬼了，不知天堂与地狱之间，许不许通信。

我希望悄悄地看见你，不要让你看见我，因为你不愿意看见我。

我寂寞，我无聊，都是你不好。要是没有你，我不是可以写写意意地自杀了吗？

想来你近来不曾跌过跤？昨天我听见你大叫一声。假的，骗

107

骗你。

愿你好好好好好好好。

米非士都非勒斯　十三

感觉

宋：

信不知怎样写法。有时我常惭愧我自己，也会觉得我不配作你的朋友，有时。

我本来不算生病，人照常好。我想我并不太苦，也许有点太幸福，我想。

在这世上，比宋再好的人，我想是没有了。

今天不放假也好。天仍是阴，心里仍是闷。但无论如何，我算在友情里（可不可以说你的？）找到了活在世上的意义，寂寞实在是够人耐的。让我永远想望那一点天外的星光过活，纵便看不见他，在梦里我要给他无数吻。

我们人类的感觉，许多是在自己的感觉里夸张了的，我们正也需要这类的夸张。

愿你有一切的快乐，我是你的。

朋友　五日

要赖

小亲亲：

昨夜写了一封信，因天冷不跑出去寄，今天因为觉得那信写得……呃，这个……那个……呢？有点……呃，所以，……所以扣留不发。

天好像是很冷是不是？你有没有吱吱叫？

因为……虽则……但是……所以……然而……于是……哈哈哈！

做人顶好不要发表任何意见，是不是？

我不懂你为什么要……你猜要什么？

有人喜欢说这样的话，"今天天气好像似乎有点不大十分很热"，"他们两口子好像似乎颇颇有点不大十分很要好似的样子"。

你如不爱我，我一定要哭。你总不肯陪我玩。

小瘌痢头　三月二日

新居

好人：

好像很倒霉的样子，今天一个下午头痛，到现在，嘴里唱唱的时候忘记了痛，以为是好了，一停嘴又痛了起来。顶倒霉的是，你的信昨夜没有藏好，不知一放放在什么地方，再找不到，怨极了，想死。

弱者自杀，更弱者笑自杀者为弱者。

总之，我待你好。心里很委屈，不多写，祝你好。

伤心的保罗　十一夜

无比的好人：

我是怎样欢喜，一个人只要有耐心，不失望，终会胜利的。找

了两个黄昏，徒然的翻了一次又一次的抽屉，夜里睡也睡不着，我是失去了我的宝贝。今天早晨在床上，想啊想，想出了一个可能的所在，马上起来找，万一的尝试而已，却果然找到了，找到了！我知道我不会把它丢了的，怎么可以把它丢了呢？

我将更爱你了，为着这两晚的辛苦。

房间墙壁昨天粉刷过，换了奶油色。我告诉你我的房间是怎样的。可以放两张小床和一张书桌，当然还得留一点走路的空隙，是那么的大小，比之普通亭子间是略为大些。陈设很简单，只一书桌、一 armchair、一小眠床（已破了勉强支持着用）。书，一部分线装的包起来塞在床底下，一部分放在藤篮里，其余的堆在桌子上；一只箱子在床底下，几件小行李在床的横头。书桌临窗面墙，床在它的对面。推开门，左手的墙上两个镜框，里面是任铭善写的小字野菊诗三十律。向右旋转，书桌一边的墙上参差的挂着三张图画。一张是中国人摹绘的法国哥朗的图画，一个裸女以手承飞溅的泉水，一张是翻印的中国画，一张是近人的水彩风景，因为题目是贵乡的水景，故挂在那里，其实不过是普通的江南景色而已。坐在书桌前，正对面另有雪莱的像、题名为《镜吻》的西洋画，和嘉宝的照相三个小的镜框。再转过身，窗的右面，又是一张彩色的西洋画，印得非常精美。这些图画，都是画报杂志上剪下来的。床一面的墙上，是两个镜框，一个里面是几张友人的照片，题着 Old Familiar Faces，取自 Charles Lamb 的诗句；另一个里面是几张诗社的照片，题着 Paradise Lost，借用 John Milton 的书名。你和振弟的照片，则放在案头。桌上的书，分为三组，一组是外国书，几乎全部是诗，总集有一本 *Century Readings in English Literature*、一本《世界诗选》、一本《金库》、一本《近代英美诗选》，别集有莎士比亚、济慈、伊利沙伯·白朗宁、雪莱、华茨渥斯、丁尼孙、斯文朋等，外加《圣经》一本。一组是少少几本中国书，陶诗、庄子、大乘百法明门论、白石词、玉田词、西青散记、儒门法语。除了陶、庄之外，都是别人见赠的，放着以为纪念，并不是真想看。外加屠格涅夫、高尔基和茅盾的《子夜》（看过没有？没看过我送你）。第三组是杂志画报：《文学季刊》、《文学月刊》、《现代》、*Cosmopolitan*、*Screen Romances*、《良友》、《万象》、《时代电影》等。杂志我买得很多，大概都是软性的，而且有图画的，不值得保存的，把好的图画剪下后，随手丢弃；另外是歌曲集，有外国名歌、中国歌、创作乐曲、电影歌等和流行的单张外国歌曲。桌上有日历、墨水瓶、茶杯和热水瓶。

你好？不病了吧？我怎样想看看你啊！

快乐的亨利　十三

说梦

清如：

昨夜我做了一夜梦，做得疲乏极了。大概是第二个梦里，我跟你一同到某一处地方吃饭，还有别的人。那地方人多得很，你却不和我在一起，自管自一个人到里边吃去了。本来是吃饭之后，一同上火车，在某一个地方分手的。我等菜许久没来，进来看你，你却已吃好，说不等我要先走了，我真是伤心得很，你那样不好，神气得要命。

不过我想还是我不好，不应该做那样的梦，看你的诗写得多美，我真欢喜极了，几乎想抱住你不放，如果你在这里。

　　我想我真是不幸，白天不能困觉，人像在白雾里给什么东西推着动，一切是茫然的感觉。我一定要吃糖，为着寂寞的缘故。

　　这里一切都是丑的，风、雨、太阳，都丑，人也丑，我也丑得很。只有你是青天一样可羡。这里的孩子们学会了各色骂人的言语，十分不美，父母也不管。近来哥哥常骂妹妹泼婆。妹妹昨天说，你是大泼婆，我是小泼婆。一天到晚哭，闹架儿。

　　拉不长了，祝你十分好！六十三期的校刊上看见你的名字三次。

　　　　　　　　　　　　　　　　　　　　　　　　　朱　初三

音乐

清如：

　　今天心里有点飘飘然。原因是一，昨天头痛一天，今天好了；二，天很暖；三，今天星期，还要工作，虽不开心，然而机器不响，心很静，比在家或走在马路上好一些；四，已定规来杭州看你。

　　后天回家去，十六从嘉兴搭快车一点廿分到闸口，你能来接我最快活。十七星期六，十八星期，你得陪我玩，不，领我玩。多少高兴，想着终于能看见你，顶好的好人！当我上次得到你的信，一眼看见不许哭三字，眼泪就禁不住滚下来了，我多爱你！

　　心里的意思，怎样也诉说不完，也诉说不出，因此而想起音乐是最进化的语言：一切"散文的"语言文字是第一级，诗是第二级，音乐是最高级，完全依凭感觉，脱离意象而独立了。凡越朦胧则越真切。我梦想一个音乐的天国，里面的人全忘了讲话与写字。这是野话。我知道你顶明白我，但还巴不得把心的每一个角落给你看才痛快。我为莫可奈何而心痛，欲抱着你哭。

愿上帝祝福你的灵魂永远是一朵不谢的美丽的花！我能想着你，梦着你，神魂依恋着你，我是幸福的。

朱　十一下午

续命

阿姊：

不许你再叫我朱先生，否则我要从字典上查出世界上最肉麻的称呼来称呼你。特此警告。

你的来信如同续命汤一样，今天我算是活转来了，但明天我又要死去四分之一，后天又将成为半死半活的状态，再后天死去四分之三，再后天死去八分之七……，直至你再来信，如果你一直不来信，我也不会完全死完，第六天死去十六分之十五，第七天死去三十二分之三十一，第八天死去六十四分之六十三，如是等等，我的算学好不好？

我不知道你和你的老朋友四年不见面，比之我和你四月不见面哪个更长远一些。

有人想赶译高尔基全集，以作一笔投机生意，要我拉集五六个朋友来动手，我一个都想不出。捧热屁岂不也很无聊？

你会不会翻译？创作有时因无材料或思想枯竭而无从产生，为练习写作起见，翻译是很有助于文字的技术的。假如你的英文不过于糟，不妨自己随便试试。

我不知道世上有没有比我们更没有办法的人？

你前身大概是林和靖的妻子，因为你自命为宋梅。这名字我一点不喜欢，你的名字清如最好了，字面又干净，笔画又疏朗，音节又好，此外的都不好。清如这两个字无论如何写总很好看，像澄字的形状就像个青蛙一样。青树则显出文字学的智识不够，因为如树两字是无论如何不能谐音的。

人们的走路姿式，大可欣赏，有一位先生走起路来身子直僵僵，屁股凸起；有一位先生下脚很重，走一步路全身肉都震动；有一位先生两手反绑，脸孔朝天，皮鞋的历笃落，像是幽灵行走；有一位先生缩颈弯背，像要向前俯跌的样子；有的横冲直撞，有的摇摇摆摆，有的自得其乐；有一位女士歪着头，把身体一扭一扭地扭了过去，似乎不是用脚走的样子。

再说。

朱　一日

只要我们灵魂合成了一体，就满足了我们最高的心愿

徐志摩·陆小曼

给陆小曼

这几篇短文，小曼，大都是在你的小书桌上写得的。在你的书桌上写得；意思是不容易。设想一只没遮拦的小猫尽跟你捣乱，抓破你的稿纸，蹦翻你的墨盒，袭击你正摇着的笔杆，还来你鬓发边擦一下，手腕上啃一口，偎着你鼻尖"爱我"的一声叫又跳跑了！但我就爱这捣乱，蜜甜的捣乱，抓破了我的手背我都不怨，我的乖！我记得我的一首小诗里有"假如她清风似的常在我的左右"，现在我只要你小猫似的常在我的左右！

你又该撅嘴生气了吧，曼，说来好像拿你比小猫。你又该说我轻薄相了吧。凭良心我不能不对你恭敬地表示谢意。因为你给我的是最严正的批评（在你玩儿够了的时候），你确是有评判的本能，你从不容许我丝毫的"臭美"，你永远鞭策我向前，你是我的字业上的诤友！新近我懒散得太不成话了，也许这就是驽马的真相，但是，曼，你不妨到时候再扬一扬你的鞭丝，试试他这赢倒是真的还是装的。

志摩　八月二十日

龙龙：

我的肝肠寸寸地断了，今晚再不好好地给你一封信，再不把我的心给你看，我就不配爱你，就不配受你的爱。我的小龙呀，这实在是太难受了，我现在不愿别的，只愿我伴着你一同吃苦——你方才心头一阵阵地作痛，我在旁边只是咬紧牙关闭着眼替你熬着。龙呀，让你血液里的讨命鬼来找着我吧，叫我眼看你这样生生地受罪，我什么意念都变了灰了！你吃现鲜鲜的苦是真的，叫我怨谁去？

离别当然是你今晚纵酒的大原因，我先前只怪我自己不留意，害你吃成这样，但转想你的苦，分明不全是酒醉的苦，假如今晚你不喝酒，我到了相当的时刻得硬着头皮对你说再会，那时你就会舒服了吗？再回头受逼迫的时候，就会比醉酒的病苦强吗？咳，你自己说得对，顶好是醉死了完事，不死也得醉，醉了多少可以自由发泄，不比死闷在心窝里好吗？所以我一想到你横竖是吃苦，我的心就硬了。我只恨你不该留这许多人一起喝，人一多就糟，要是单是你与我对喝，那时要醉就同醉，要死也死在一起，醉也是一体，死也是一体，要哭让眼泪合成一起，要心跳让你我的胸膛贴紧在一起，这不是在极苦里实现了我们向往的极乐，从醉的大门走进了大解脱的境界？只要我们灵魂合成了一体，这不就满足了我们最高的心愿吗？

啊！我的龙，这时候你睡熟了没有？你的呼吸调匀了没有？你的灵魂暂时平安了没有？你知不知道你的爱正含着两眼热泪在这深夜里和你说话，想你，疼你，安慰你，爱你？我好恨呀，这一层的隔膜，真的全是隔膜，这仿佛是你淹在水里挣扎着要命，他们却掷下瓦片石块来算是救渡你，我好恨呀！这酒的力量还不够大，方才我站在旁边我是完全准备了的，我知道我的龙儿的心坎儿只嚷着："我冷呀，我要他的热胸膛偎着我；我痛呀，我要我的他搂着我；我倦呀，我要在他的手臂内得到我最想望的安息与舒服！"——但是实际上我只能在旁边站着看，我稍微一帮助就受人干涉，意思说："不劳费心，这不关你的事，请你早去休息吧，她不用你管！"

哼，你不用我管！我这难受，你大约也有些觉着吧！

方才你接连叫着："我不是醉，我只是难受，只是心里苦。"你那话一声声像是钢铁锥子刺着我的心：愤、慨、恨、急，各种情绪就像潮水似的涌上了胸头；那时我就觉得什么都不怕，勇气像天一般的高，只要你一句话出口什么事我都干！为你我抛弃了一切，只是本分为你我，还顾得什么性命与名誉——真的假如你方才说出了一句半句着边际着颜色的话，此刻你我的命运早已变定了方向都难说哩！

你多美呀，我醉后的小龙，你那惨白的颜色与静定的眉目，使我想象起你最后解脱时的形容，使我觉着一种逼迫赞美崇拜的激震，使我觉着一种美满的和谐。龙，我的至爱，将来你永诀尘俗的俄顷，不能没有我在你最近的旁边，你最后的呼吸一定得明白报告这世间你的心是谁的，你的爱是谁的，你的灵魂是谁的！龙呀，你应当知道我是怎样地爱你，你占有我的爱，我的灵，我的肉，我的"整个儿"。永远在我爱的身旁旋转着，永久地缠绕着，真的，龙龙，你已经激发了我的痴情。我说出来你不要怕，我有时真想拉你一同死去，去到绝对的死的寂灭里去实现完全的爱，去到普遍的黑暗里去寻求唯一的光明。咳，今晚要是你有一杯毒药在近旁，此时你我也许早已在极乐世界了。说也怪，我真的不沾恋这形式的生命，我只求一个同伴，有了同伴我就情愿欣欣地瞑目；龙龙，你不

是已经答应做我永久的同伴了吗？我再不能放松你，我的心肝，你是我的，你是我这一辈子唯一的成就，你是我的生命，我的诗；你完全是我的，一个个细胞都是我的——你要说半个不字，叫天雷打死我完事。

我在十几个钟头内就要走了，丢开你走了，你怨我忍心不是？我也自认我这回不得不硬一硬心肠，你也明白我这回去是我精神的与知识的"散拿吐瑾"。我受益就是你受益，我此去得加倍地用心，你在这时期内也得加倍地奋斗。我信你的勇气，这回就是你试验、实证你勇气的机会。我人虽走，我的心不离开你，要知道在我与你的中间有的是无形的精神线，彼此的悲欢喜怒此后是会相通的，你信不信？（身无彩凤双飞翼，心有灵犀一点通。）我再也不必嘱咐，你已经有了努力的方向，我预知你一定成功，你这回冲锋上去，死了也是成功！有我在这里，龙龙，放大胆子，上前去吧，彼此不要辜负了，再会！

摩

一九二五年三月十日早三时

小曼日记

三月十一日

一个月之前我就动了写日记的心，因为听得"先生"们讲各国大文豪写日记的趣事，我心里就决定来写一本玩玩，可是我不记气候，不写每日身体的动作，我只把我每天的内心感想，不敢向人说的，不能对人讲的，借着一支笔和几张纸来留一点痕迹。不过想了许久老没有施行，一直到昨天摩叫我当信一样的写，将我心里所想的，不要遗漏一字的都写了上去，我才决心如此的做了，等摩回来时再给他当信看。这一下我倒有了生路了，本来我心里的痛苦同愁闷一向逼闷在心里的，有时候真逼得难受，说又没有地方去说；以后可好了，我真感谢你，借你的力量我可以一泄我的冤恨，松一松我的胸襟了。以后我想写甚么就可以写甚么，反正写出来也不碍事，不给别人看就是了，本来人的思想往往会一忽儿就跑去的，想过就完，现在我可要留住它了，不论甚么事想着就写，只要认定一个"真"字，以前的一切我都感觉到假，为甚么一个人先要以假对人呢？大约为的是有许多真的话说出来反要受人的讥笑，招人的批评，所以吓得一般人都迎着假的往前走，结果真纯的思想反让假的给赶走了。我若再不遇着摩，我自问也要变成那样的，自从我认识了你的真，摩，我自己羞愧死了，从此我也要走上"真"的路了。希望你能帮助我，志摩。

昨天摩出国，我本不想去车站送他，可是又不能不去，在人群中又不能流露出十分难受的样子，还只是笑嘻嘻的谈话；恍惚蛮不在意似的。在许多人的目光之下，又不能容我们单独的讲几句话。这时候我又感觉到假的可恶，为甚么要顾虑这许多，为甚么不能要说甚么就说甚么呢？我几次想离开众人，过去说几句真话，可是说也惭愧，平时的决心和勇气，不知都往哪里跑了，只会泪汪汪的看着他，连话都说不出口来。自己急得骂我自己，再不过去说话，车可要开了；那时我却盼望他能过来带我走出众人眼光之下，说几句最后的话，谁知他也是一样的没有勇气。一双泪汪汪的眼睛只对着我发怔，我明知道他要安慰我，要我知道他为甚么才弃我远去，他有许多许多的真话，真的意思，都让社会的假给碰回去了，便只好

大家用假话来敷衍。那时他还走过来握我的手，我也只能苦笑着对他说"一路顺风"。我低头不敢向他看，也不敢向别人看，一直到车开，我还看见他站在车头上向我们送手吻（我知道一定是给我一个人的）。我直着眼看，只见他的人影一点一点糊涂起来，我眼前好像有一层东西隔着，慢慢的连人影都不见了，心里也说不出是甚么味儿，好像一点知觉都没有了似的。一直等到耳边有人对我说："不要看了，车走远了。"我才像梦醒似的回头看见人家多在向着我笑，我才很无味的回头就走。走进车子才知道我身旁还有一个人坐着。他冷冷对我说，"为甚么你眼睛红了？哭么？"咳！他明知我心里有说不出的难受，还要假意儿问我，怄我，我知道他乐了，走了我的知己，他还不乐？

回家走进了屋子，四面都露出一种冷清的静，好像连钟都不走了似的，一切都无声无嗅了。我坐到书桌上，看见他给我的信，东西，日记，我拿在手里发怔，也不敢去看，也不想开口，只是呆坐着也不知道自己要做点甚么才好。在这静默空气里我反觉得很有趣起来，我希望永远不要有人来打断我的静，让我永远这样的静坐下去。

昨天家里在广济寺做佛事，全家都去的，我当然是不能少的了，可是这几天我心里正在说不出的难过，还要我去酬应那些亲友们，叫我怎能忍受？没有法子，得一个机会我一个人躲到后边大院里去清静一下。走进大院看见一片如白画的月光，照得栏杆、花、木、石桌样样清清楚楚，静悄悄的一个人都没，可爱极了。那一片的静，真使人能忘却了一切的一切，我那时也不觉得怕了，一个人走过石桥在杆上坐着，耳边一阵阵送过别院的经声，钟声，禅声，那一种音调真凄凉极了。我到那个时光，几天要流不敢流的眼泪便像潮水般的涌了出来，我哭了半天也不知是哭的甚么，心里也如同一把乱麻，无从说起。

今天早晨他去天津了。我上了三个钟头的课，先生给我许多功课我预备好好的做起来。不过这几天从摩走后，这世界好像又换了一个似的，我到东也不见他那可爱的笑容，到西也不听见他那柔美的声音，一天到晚再也没有一个人来安慰我，真觉得做人无味极了；为甚么一切事情都不能遂心适意呢？随处随地都有网包围着似的，使得手脚都伸不开，真苦极了。想起摩来更觉怅，现在不知道已经走到甚么地方了，也许已过哈尔滨了吧。昨晚庙里回来就睡下，闭着眼细细回想在庙后大院子里得着的那一忽儿清闲，连回味都是甜的。像我现在过的这种日子，精神上，肉体上，同时的受着说不出的苦，不要说不能得着别人一点安慰与怜惜，就是单要求人家能明白我，了解我，已是不容易的了！

今天足足的忙了一天，早晨做了一篇法文，出去买了画具，饭后陈先生来教了半天，说我一定能进步得快，倒也有趣。晚饭时三伯母等来请我去吃饭，ML 也来相约，我都回绝她们了，因为我只想一个人静静的坐坐，况且我还要给摩写信。在灯下不知不觉的就写了九张纸，还是不能尽意，薄薄的几张纸能写得上多少字呢？

临睡时又看了几张摩的日记，不觉又难受了半天。可叹我自小就是心高气傲，想享受别的女人不大容易享受得到的一切，而结果现在反成了一个一切都不如人的人。其实我不羡富贵，也不慕荣华，我只要一个安乐的家庭，如心的伴侣，谁知连这一点要求都不能得到，只落得终日里孤单的，有话都没有人能讲，每天只是强自欢笑的在人群里混。又因为我不愿意叫人家知道我现在是不快乐，不如意，所以我装着是个快乐的人，我明知道这种办法是不长久的，等

到一旦力尽心疲，要再装假也没有力气了，人家不是一样会看出来的么？所幸现在已有几个知己朋友们知道我，明白我，最知我者当然是摩！他知道我，他简直能真正的了解我，我也明白他，我也认识他是一个纯洁天真的人，他给我的那一片纯洁的爱，使我不能不还给他一个整个的圆满的永没有给过别人的爱。

我生平没有尝到这种滋味，
很害怕真会整个儿变成你的俘虏

朱自清

一

隐：

一见你的眼睛，我便清醒起来，我更喜欢看你那晕红的双腮，黄昏时的霞彩似的，谢谢你给我力量。

二

隐：

十六那晚是很可纪念的，我们决定了一件大事，谢谢你。想送你一个戒指，下星期六可以一同去看。

三

亲爱的宝妹：

我生平没有尝到这种滋味，很害怕真会整个儿变成你的俘虏呢！

四

竹隐，这个名字几乎费了我这个假期中所有独处的时间。我不能念出，整个看报也迷迷糊糊的！我相信是个能镇定的人，但是天知道我现在是怎样的扰乱啊。

希望你对我的心能够长此热烈过去，纯粹过去

郁达夫

映霞：

　　昨天的一天谈话，使我五体投地了，以后我无论如何，愿意听你的命令。我平生的吃苦处，就在表面上老要作玩世不恭的样子，所以你一定还在疑我，疑我是"玩而不当正经"。映霞，这是我的死症，我心里却是很诚实的，你不要因为我表面的态度，而疑到我的内心的诚恳，你若果真疑我，那我就只好死在你的面前了，临走的时候，我要——，你执意不肯，上车的时候，我要送你，你又不肯，这是我对你有点不满的地方，以后请你不要这样的固执。噢，噢，不要这样的固执。礼拜日若天气好，我一定和你去吴淞看海，那时候或是我来邀你，或是来邀我，临时再决定吧！

　　我今天在开始工作，大约三四天后，一定可以把创造月刊七期编好。第一我要感激你期望我之心，所以我一边在做工，一边还在追逐你的幻影，昨天的一天，也许是我的一生的转机吧！映霞，我若有一点成就，这功劳完全是你的。我说不尽感谢你的话，只希望你对我的心，能够长此热烈过去，纯粹过去，一直到我们俩人死的

时候止，我们死是要在一道死的。

达夫
三月八日午后

映霞：

　　今晚上又是一晚不睡，翻来覆去，只在想和你两人同在上海的时候的情景。映霞，我们的运气真不好，弄得这一个韶光三月，恋爱成功后的第一个三月，终于不能一块儿过去，不过自古好事总多魔劫，这一个腐烂的时局也许是试探我们的真情的试金石。映霞，我想我们两人这一回相见的时候，恐怕情热比从前还要猛烈，这是一定的。

　　我在上海决没有危险，请你切不要轻信谣言，急坏了身体。我的到杭州来，也必定不冒险前来，必要等时局平静一点之后再来，请你放心。本来蒋先生约我同来杭州的，这样的火车一断，怕是不能回来了，因为我想绕道宁波可由水道到杭州的拱宸桥上岩。但是我现在还在等着，等火车的开通。总之映霞，等杭沪火车一通，我就可以来杭，请你安心等着，不要太着急了，小心急坏了你的身体，因为我们两人中间，一个人坏了，就要牵连到另外的一个人身上去的。窗外头又在下雨，今天午后我因为无聊，去卡尔登看了一张影片。这影片的情节，很像我们两人的事情，可惜你没有看见，你若看见了怕你又要哭一场哩。映霞，最爱的映霞，你现在大约总睡在床上做梦吧？我希望你梦见我，在梦里和我 Kiss。

达夫上
四月十三午后三点钟（阴三月十二日）

你要买个软枕头，看过我的信就去买

萧红

军：

我今天接到你的信就跑回来写信的，但没有寄，心情不好，我想你读了也不好，因为我是哭着写，接你两封信，哭了两回。

这几天也还是天天到李家去，不过待不多久。

我在东安市场吃饭，每顿不到两毛，味极佳。羊肉面一毛钱一碗。再加两人花卷，或者再来个炒素菜，一共才是两角。可惜我对着这样的好饭菜，没能喝上一盅，抱歉。

六号那天也是写了一封信，也是没寄。你的饮食我想还是照旧的，饼干买了没有？多吃点水果。你来信说每天看天一小时会变成美人，这个是办不到的，说起来很伤心，我自幼就喜欢看天，一直看到现在还是喜欢看，但我并没变成美人，若是真的，我又何能东西奔流呢？可见美人自有美人在。（这个话开玩笑也。）

奇是不可靠的，黑人来李家找我，这是她之所嘱。和李太太，我，三个人逛了北海。我已经是离开上海半月多了，心绪仍是乱绞，我想我这是走的败路。但我不愿意多说。《海上述林》读毕，并请把《安娜·卡列尼娜》寄来一读，还有《冰岛渔夫》，还有《猎人

127

日记》。

这书寄来给洁吾读。不必挂号。若有什么可读的书，就请随时寄来，存在李家不会丢失，等离开上海时也方便。

我的长篇并没有计划，但此时我并不过于自责。"为了恋爱，而忘掉了人民，女人的性格啊！自私啊！"从前，我也这样想，可是现在我不了，因为我看见男子为了并不值得爱的女人，不但忘了人民，而且忘了性命。何况我还没有忘了性命，就是忘性命也是值得呀！在人生的路上，总算有一个时期在我的脚迹旁边，也踏着他的脚迹。总算两个灵魂和两根琴弦似的互相调谐过。

笔墨都买了，要写大字。但房子有是有，和人家就一个院不方便。至于立合同，等你来时再说吧！

祝你好！上帝给你健康！

荣子

军：

今天我才是第一次自己出去走个远路，其实我看也不过三五里，去的是神保町。那地方的书局很多，也很热闹，但自己走起来也总觉得没什么趣味，想买点什么，也没有买，又沿路走回来了。觉得很生疏，街路和风景都不同，但有黑色的河，那和徐家汇一样，上面是有破船的，船上也有女人、孩子，也是穿着破烂衣裳，并且那黑水的气味也一样，像这样的河巴黎也会有！

你的小伤风既然伤了许多日子也应该管它，吃点阿司匹林吧！一吃就好。

现在我庄重地告诉你一件事情，在你看到之后一定要在回信上写明！就是第一件你要买个软枕头，看过我的信就去买！硬枕头使脑神经很坏。你若不买，来信也告诉我一声，我这边买两个给你寄去，不贵，并且很软。第二件你要买一张当作被子来用的有毛的那种单子，就像我带来的那样的，不过该更厚点。你若懒得买，来信也告诉我，也为你寄去。还有，不要忘了夜里不要吃东西。没有了。以上这就是所有的这封信上的重要事情。

照相机你现在也有用了，再寄一些照片来。我在这里多少有点苦寂，不过也没什么，多写些东西也就添补起来了。旧地重游是很有趣的，并且有那样可爱的海！你现在一定洗海澡去了好几次了？但怕你没有脱衣裳的房子。

你再来信说你这样好那样好，我可说不定也去，我的稿费也够了。你怕不怕？我是和你开玩笑，也许是假玩笑。你随手有什么我没看过的书也寄一两本来！实在没有书读，越寂寞就越想读书，一天到晚不说话，再加上一天到晚也不看一个字，我觉得很残忍，又像我从前在旅馆一个人住着的那个样子。但有钱，有钱除掉吃饭也买不到别的趣味。

祝好。

萧上

一九三六年八月十七日

前回我骂一个学生为恋爱问题读书不努力，今天才知道我自己也一样

闻一多

亲爱的妻：

　　这时他们都出去了，我一人在屋里，静极了，静极了，我在想你，我亲爱的妻。我不晓得我是这样无用的人，你一去了，我就如同落了魂一样。我什么也不能做。前回我骂一个学生为恋爱问题读书不努力，今天才知道我自己也一样。这几天忧国忧家，然而最不快的，是你不在我身边。亲爱的，我不怕死，只要我俩死在一起。我的心肝，我亲爱的妹妹，你在哪里？从此我再不放你离开我一天，我的肉，我的心肝！你一哥在想你，想得要死！

　　亲爱的，午睡醒来，我又在想你。时局确乎要平静下来，我现在一心一意盼望你回来，我的心这时安静了好多。

一九三七年七月十六日

贞：

　　此次出门来，本不同平常，你们一切都时时在我挂念之中，因此盼望家信之切，自亦与平常不同。然而除三哥为立恕的事，来过

两封信外，离家将近一月，未接家中一字。这是什么缘故？出门以前，曾经跟你说过许多话，你难道还没有了解我的苦衷吗？出这样的远门，谁情愿，尤其在这种时候？

一个男人在外边奔走，千辛万苦，不外是名与利。名也许是我个人的事，但名是我已经有了的，并且在家里反正有书可读，所以在家里并不妨害我得名。

这回出来唯一目的，当然为的是利。讲到利，却不是我个人的事，而是为你我，和你我的儿女。何况所谓利，也并不是什么分外的利，只是求将来得一温饱，和儿女的教育费而已。这道理很简单，如果你还不了解我，那也太不近人情了！

这里清华、北大、南开三个学校的教职员，不下数百人，谁不抛开妻子跟着学校跑？连以前打算离校，或已经离校了的，现在也回来一齐去了。

你或者怪了我没有就汉口的事。我不知道这封信写给你，有用没有。如果你真是不能回心转意，我又有什么办法？儿女们又小，他们不懂，我有苦向谁诉去？那天动身的时候，他们都睡着了，我想如果不叫醒他们，说我走了，恐怕第二天他们起来，不看见我，心里失望，所以我把他们一个个叫醒，跟他说我走了，叫他再睡。但是叫到小弟，话没有说完，喉咙管硬了，说不出来，所以大妹我没有叫，实在是不能叫。本来还想嘱咐赵妈几句，索性也不说了。我到母亲那里去的时候，不记得说了些什么话，我难过极了。

出了一生的门，现在更不是小孩子，然而一上轿子，我就哭了。母亲这大年纪，披着衣裳坐在床边，父亲和四弟半夜三更送我出大门，那时你不知道是在睡觉呢还是生气。现在这样久了，自己没有一封信来，也没有叫鹤、雕随便画几个字来。我也常想到，四十岁

的人，何以这样心软。但是出门的人盼望家信，你能说是过分吗？到昆明须四十余日，那么这四十余日中是无法接到你的信的。如果你马上就发信到昆明，那样我一到昆明，就可以看到你的信。

不然，你就当我已经死了，以后也永远不必写信来。

多

一九三八年二月十五日

将你要写的话写在书上，等我回来看！好不好？

瞿秋白

之华：

今天接到你 2 月 24 日的信，这封信算是走得很快的了。你的信，是如此之甜蜜，我像饮了醇酒一样，陶醉着。我知道你陪着独伊①去看《青鸟》，我心上非常之高兴。《青鸟》是梅德林（比利时的文学家）的剧作，俄国剧院做得很好的。我在这里每星期也有两次电影看，有时也有好片子，不过从我来到现在，只有一次影片是好的，其余不过是消磨时间罢了。独伊看了《青鸟》一定是非常高兴，我的之华，你也要高兴的。

之华，我想如果我不延长在此的休息期，我 3 月 8 日就可以到莫斯科，如果我还要延长两星期那就要到 3 月 20 日。我如何是好呢？我又想快些快些见着你，又想依你的话多休息几星期。我如何呢？之华，体力是大有关系的。我最近几天觉得人的兴致好些，我要运动，要滑雪，要打乒乓球，想着将来的工作计划，想着如何同

① 独伊，即瞿独伊，瞿秋白的女儿。

你在莫斯科玩耍，如何帮你读俄文，教你练习汉文。我自己将来想做的工作，我想是越简单越好，以前总是"贪多少做"。可是，我的肺病仍然是不大好，最近两天右部的胸膛痛得厉害，医生又叫我用电光照了。

之华，《小说月报》怎么还没有寄来，问问云白^①看！之华，独伊如此地和我亲热了，我心上极其欢喜，我喜欢她，想着她的有趣齐整的笑容，这是你制造出来的啊！之华，我每天总是梦着你或是独伊。

梦中的你是如此之亲热。哈哈。

要睡了，要再梦见你。

秋白

一九二九年二月二十六日晚

之华：

临走的时候，极想你能送我一站，你竟徘徊着。海风是如此的飘漾，晴朗的天日照着我俩的离怀。相思的滋味又上心头。

六年以来，这是第几次呢？空阔的天穹和碧落的海光，令人深深地了解那"天涯"的意义。海鸥绕着桅樯，像是依恋不舍，其实双双栖宿的海鸥，有着自由的两翅，还羡慕人间的鞅掌。我俩只是少健康，否则如今正是好时光，像海鸥样的自由，像海天般的空旷，正好准备着我俩的力量，携手上沙场。之华，我梦里也不能离你的印象。

独伊想起我吗？你一定要将地名留下，我在回来之时，要去看

---

① 云白，即瞿云白，瞿秋白的弟弟。

她一趟。下年她要能换一个学校，一定是更好了。

你去那里，尽心地准备着工作，见着娘家的人，多么好的机会。我追着就来，一定是可以同着回来，不像现在这样寂寞。你的病怎样？

我只是牵记着。可惜，这次不能写信，你不能写信。我要你弄一本小书，将你要写的话，写在书上，等我回来看！好不好？

秋白

一九二九年七月十五日

我有时是迷醉的，有时是解脱的

庐隐

异云：

我本是抱定决心在人间扮演，不论悲欢离合甜酸苦辛的味儿，我都想尝。人说这世界太复杂了，然而我嫌它太单调，我愿用我全生命的力去创造一个福音博和的世界；我愿意我是为了这个愿望而牺牲的人，我愿意我永远是一出悲剧的主人；我愿我是一首又哀婉绮丽的诗歌；总之，我不愿平凡！——纵使平凡能获得女王的花冠，我亦将弃之如遗。啊，异云，你不必替我找幸福，不用说幸福是不容易找到，我也不见得会收受。你要知道，有了绝大的不幸，才有冷鸥，冷鸥便是一切不幸的根蒂。唉，异云，我怨吗？我恨吗？不，不，绝不，我早知道我的生是为呕吐心血而生的。我是点缀没有生气的世界而来的，因之荆棘越多，我的血越鲜红，我的智慧也越高深。

我怀疑做人——尤其怀疑做幸福的人：什么夫荣妻贵？子孙满堂？他们的灵魂便被这一切的幸福遮蔽了，哪里有光芒？哪里有智慧？到世界上走一趟，结果没有懂得世界是什么样？自己是什么东西？啊，那不是太滑稽得可怜了吗？异云，我真不愿意是这一类的人！在我生活的前半段几乎已经陷到这种可悲的深渊里了，幸亏坎坷的命运将我救起，我现在既然已经认识我自己了，我又哪敢不把自己捉住，让他悄悄地溜了呢？

世俗上的人都以为我是为了坎坷的命运而悲叹而流泪，哪里晓得我仅仅是为了自己的孤独——灵魂的孤独而太息而伤心呢？

可是人到底是太蠢了；为什么一定要求人了解呢？孤独岂不更隽永有味吗？我近来很觉悟此后或者能够做到不须人了解而处之泰然的地步，啊，异云，那时便是我得救的时候了。

我的心波太不平静，忽然高掀如钱塘潮水，有时平静如寒潭静流；所以我有时是迷醉的，有时是解脱的，这种变幻不定的心，要想在人间求寄托，不是太难了吗？——啊，我从此将如长空孤雁永不停住于人间的橱上求栖止，人间自然可以遗弃我的，我呢，也应当学着遗弃人间。

异云，我有些狂了，我也不知说什么疯话，请原谅我吧！

昨天你对我说暑假后到广东去，很好！只要你觉得去于你是有兴趣的，你就去吧；我现在最羡慕人有奔波的勇气，我呢，说来可怜，便连这一点兴趣都没有！——我的心也许一天要跑十万八千里，然而我的身体是一块朽了的木头，不能挪动，一挪动，好像立刻要瓦解冰消，每天支持在车尘蹄迹之下奔驰，已经够受，哪里还受得起惊涛骇浪的掀腾？哪里还受得起戴月披星的生活？啊，异云，我本是秋风里的一片落叶，太脆弱了！

异云，我写到这里，不期然把你昨天给我的信看了一遍，不知哪里来的一股酸味直冲上来，我的眼泪满了眼眶，——然而我咽下去那咸的涩的眼泪——我是咽下去了哟！

唉！这世界什么是值得惊奇的？什么是值得赞美的？我怀

疑！——唉！一切都是让我怀疑！

　　什么恋爱？什么友谊？都只是一个太虚渺的幻影！啊！我曾经追寻过，也曾经想捉着过，然而现在，至少是此刻，我觉得我不需要这些！——往往我需要什么呢？我需要失却知觉。啊，你知道我的心是怎样紊乱呢？除了一瞑不视，我没有安顿我自己的方法。

　　但是异云，请你不必为我悲伤。这种不可捉摸的心波，也许一两天又会平静，一样地应酬于大庭广众之中，欢歌狂吟，依然是浪漫的冷鸥。至于心伤，那又何必管它呢？或者还有人为了我的疯笑而忌妒我的无忧无虑呢？啊，无穷的人生，如此而已，哓哓不休，又有什么意思？算了吧，就此打住。

冷鸥书

我记得你那句总陪着我的话，我虽一个人也不害怕了

鲁迅·许广平

乖姑、小刺猬：

在沪宁车上，总算得了一个座位；渡江上了平浦通车，也居然定着一张卧床。这就好了。吃过一元半的夜饭，十一点睡觉，从此一直睡到第二天十二点钟，醒来时，不但已出江苏境，并且通过了安徽界蚌埠，到山东界了。不知道刺猬可能如此大睡，我怕她鼻子冻冷，不能这样。车上和渡江的船上，遇见许多熟人，如马幼渔的侄子、齐寿山的朋友、未名社的一伙；还有几个阔人，说是我的学生，但我不识他们了。那么，我到北平，昨今两日，必已为许多人所知道。

今天午后到前门站，一切大抵如旧，因为正值妙峰山香市，所以倒并不冷静。正大风，饱餐了三年未吃的灰尘。下午发一电，我想，倘快，则十六日下午可达上海了。家里一切如旧，母亲精神形貌仍如三年前，她说，"害马"为什么不同来呢？我答以有点不舒服。其实我在车上曾想过，这种震动法，于乖姑是不相宜的。但母亲近来的见闻范围似很窄，她总是同我谈八道湾，这于我是毫无关心的，所以我也不想多说我们的事，因为恐怕于她也不见得有什

么兴趣。平常似常常有客来住，多至四五个月，连我的日记本子也都打开过了，这非常可恶，大约是姓车的男人所为。他的女人，廿六七又要来了，那自然，这就使我不能多住。

不过这种情形，我倒并不气，也不高兴，久说必须回家一趟，现在是回来了，了却一件事，总是好的。此刻是十二点，却很静，和上海大不相同。我不知乖姑睡了没有？我觉得她一定还未睡着，以为我正在大谈三年来的经历了。其实并未大谈，我现在只望乖姑要乖，保养自己，我也当平心和气，度过预定的时光，不使小刺猬忧虑。

今天就是这样吧，下回再谈。

一九二九年五月十五夜

小白象：

昨夜饭后，我到邮局发了你的一封信，回来看看文法，十点多睡下了。早上醒来，算算你已到天津了，午饭时知已到北平，各人见了意外的欢喜，你也不少的高兴。今天收到《东方》第二号，又有金溟若的一封挂号厚信，想是稿子，都放在书架上。我这两天因为没甚事体，睡得也多，食得也饱，昨夜饭增添了二次，你回来一定见我胖了。我极力照你的话做去，好好地休养。今天下午同老太太等大小人五六个共到新雅饮茶，她们非常高兴，因为初次尝尝新鲜，回来快五点了。

《东方》看看，一天又快过去了。我记得你那句总陪着我的话，我虽一个人也不害怕了，两天天快亮就醒了，这是你要睡的时候，我总照常地醒来，宛如你在旁预备着要睡，又明知你是离开。但古怪的感情，这个味道叫我如何描写？好在转瞬天真个亮了，过些时我就起床了。

十五日下午五时半写

小刺猬：

昨天从老三转上一信，想已到。今天下午我访了未名社一趟，又去看幼渔，他未回，马珏因疹进病院多日了。一路所见，倒并不怎样萧条，大约所减少的不过是南方籍的官僚而已。

关于咱们的故事，闻南北统一以后，此地忽然盛传，研究者也很多，但大抵知不确切。上午，令弟告诉我一件故事。他说，大约一两月前，某太太对母亲说，她做了一个梦，梦见我带了一个孩子回家，自己因此很气愤。而母亲大不以气愤之举为然，因告诉她外间真有种种传说，看她怎样。她说，已经知道。问何从知道，她说，是二太太告诉她的。我想，老太太所闻之来源，大约也是二太太。而南北统一后，忽然盛传者，当与陆晶清之入京有关。我因以小白象之事告知令弟，他并不以为奇，说，这也是在意料中的。午前，我就告知母亲，说八月间，我们要有小白象了。她很高兴，说，我想也应该有了，因为这屋子里，早应该有小孩子走来走去。这种"应该"的理由，和我们是另一种思想，但小白象之出现，则可见世界上已以为当然矣。

不过我却并不愿意小白象在这房子里走来走去，这里并无抚育白象那么广大的森林。北平倘不荒芜下去，似乎还适于居住，但为小白象计，是须另选处所的。这事俟将来再议。

北平很暖，可穿单衣了。明天拟去访徐旭生。此外再看几个熟人，另外也无事可做。我觉得日子实在太长，但愿速到月底，不过那时，恐怕须走海道回了。

　　这里和上海不同，寂静得很。尹默、凤举，往往终日倾心政治。尹默之汽车，昨天和电车冲突，他臂膊碰肿了，明天拟去看他，并还草帽。台静农在和孙祥偈讲恋爱，日日替她翻电报号码，忙不可当。林卓凤在西山调养胃病。

　　我的身体是好的，和在上海时一样。据潘妈说，模样和出京时相同。我在小心于卫生，勿念，但刺猬也应该留心保养，令我放心。我相信她正是如此。

　　附笺一纸，可交与赵公。又告诉老三，我当于一两日内寄书一包（约四五本）给他，其实是托他转交赵公的，到时即交去。

迅

一九二九年五月十七夜

鲁迅师：

　　接到卅一日的信，尚未拆口，就感着不快：他们居然检查邮件了！先前也有这种情形，但这次同时收两封信，两封的背面下方都有拆过再粘，失了原状的痕迹。当然与之理论，但是何益！？我想，托人转交，或者可免此弊罢。然而又回想，我何必避它，索性在信中骂一个畅快，给他看也好。可是我师何辜，遭此牵涉，从前是有诛九族，罪妻孥的，现在也要恢复，责及其师么？可恶之极！

　　昨日（星期）看了西滢的《闲话》，做了一篇《六个学生该死》，本想痛快的层层申说该死的各方，但写了那些之后，就头涔涔的躺下了。今早打算以此还《妇周》评梅所索之债，但不见来。今请先生阅之，如伏园老头子不害怕，而稿子还可对付，可否仍送《京副》。但其中许多意思，前人已屡次说过，此文不过尔尔。

　　我早知世界不过如此，所以常感苦闷，而自视为废物。其欲利用之者，犹之尸体之供医学上解剖，冀于世不无小补也。至于光明，则老实说起来，我活到那么大就从来没有望见过。为我个人计，自然受买收可以比在外做"人之患"舒服，不反抗比反抗无危险，但是一想到我以外的人，我就绝不敢如此。所以我佛悲苦海之沉沦，先儒惕日月之迅迈，不安于"死"，而急起直追，同是未能免俗。小鬼也是俗鬼，旧观念还未打破，偶然思想与先生合，偶尔转过来就变卦，废物利用又何尝不是"消磨生命"之术，但也许比"纵酒"稍胜一筹罢。自然，先生的见解比我高，所以多"不同"，然而即使要"捣乱"，也还是设法多住些时好。褥子下明晃晃的钢刀，用以克敌防身是妙的，倘用以……似乎……小鬼不乐闻了！

小鬼许广平

六月一日

MY DEAR TEACHER：

廿三晚写好的信，廿四早发出了。当日下午收到《彷徨》和《十二个》，包裹甚好，书一点没有损坏。但是两本书要寄费十分，岂非太不经济？

我一天的时间，能够给我自己支配的，只有晚上九时以后，我做自己的事——如写信，豫备教材——全得在这时候。此外也许有时有闲，但不一定。所以我写信时匆忙极了，许多应当写下来的事，也往往忘却，致使你因此挂心，这真是该打！忘记了什么呢？就是我光知道诉苦，说我住的是"碰壁"的房，可是现在已经改革了，东面的楼上住的一位附小的教员辞了职，校长教我搬去，我赶紧实行，于到校第二个星期六搬过来了。此楼方形，隔成田字，开间颇大，用具也不少。每间住一人，余三人为小学教员，胸襟一样狭窄，第一天即三人成众，给我听了不少讽刺话，我也颇气愤，但因不是在做学生了，总得将就一些，便忍耐下去，次早还要陪笑脸招呼，这真是做先生的苦处。现在她们有点客气了，然而实在热闹得可以，总是高朋满坐，即使只有三人，也还是大叫大嚷，没一时安静。更难堪的是有两位自带女仆婢子，日里做事，夜间就在她们房里搭床，连饭菜也由用人用煤油炉煮食，一小房便是一家庭，其污浊局促可想。所以我的房门口的过道，就成了女仆婢子们的殖民地，摆了桌子，吃饭，梳洗，桌下锅盆碗碟，堆积甚多，煞是好看。但我这方面总是竭力回避，关起门来，算是我的世界，好在一大块向南的都是窗，有新空气，不会病了。

这个学校，先前是师范和小学合在一处的，现在师范分到新校去了，但校舍还未造好，正在筹捐，所以师范教员和学生仍旧住在小学，即旧校里。今年暑假以后，算是大加革新了，分设教务，总务，训育于校长之下，而训育最繁琐，且须管理寄宿，此校学生曾起反对校长风潮，后虽平息，而常愤愤，每寻瑕伺隙，与办事人为难。我上课的第一天，学生就提出改在寝室内自修（原在教室，但灯暗……）的难题目给我做。现已给以附有条件的允许，于明日实行。但那么一来，学生散处各室，夜间查堂就更加困难了。对寝室负责的，我之外本来还有一舍监，现此人因常骂学生及仆人，大有非去不可之势，学校当局以为我闲空，要我兼任（但不加薪），我只答应暂兼数天，那时就将更加忙碌，因早晚舍监应做的如督率女仆，收拾寝室，厕所……也须归我管理也。

看你在厦大，学生少，又属草创，事多而趣少，如何是好？菜淡不能加盐么？胡椒多吃也不是办法，买罐头补助不好么？火腿总有地方买，不能做来吃么？万勿省钱为要！！！

广东水果现时有杨桃，五瓣，横断如星形，色黄绿，厦门可有么？

广东常有雨，但一止就可以出街，无雨则热甚，上课时汗流浃背的，蚊子大出，现在就一面写字，一面在喂它。蚂蚁也不亚于厦门，记得在"碰壁"的房里时，夜间睡眠中，臂膊还曾被其所咬；食物自然更易招致，即使挂起来，也能缘绳而至，须用水绕，始得平安。空气甚湿，衣物书籍，动辄发霉，讨厌极了。

我虽然忙，但《新女性》既转折的写了信来，似乎不好推却。不过我的作品太幼稚，你有什么方法鼓舞我，引导我，勿使我疏懒退缩不前么？

现在我事务虽然加多，但办得较前熟手了。八时教课，实则只要豫备四班教材，而都是从头讲起，班高的讲快，参考简单，班低讲慢，参考较多，互相资助，日来似觉稍为顺手。总之，到这里初做事，要做得好，即不能辞劳苦，宁可力竭而去，不欲懒散而存，所以我愿意努力工作，你以为何如？

有北京消息没有，学校近况如何？

祝你健康。

YOUR H. M.
九月二十八晚

做自己喜欢吃的饭，一个小方桌一荤一素

　　在市场游荡之间，忽然，你的眼中一亮，因为你看到一种新鲜得发光的材料，那你的脑中即刻计算要以什么菜去陪衬它后，便要狠狠下手去买，贵一点也不成问题。

　　逛菜市场是最享受的时候，有如追求女人。等到下手去买，便等于上了床。

做饭

汪曾祺

　　我不会做什么菜，可是不知道怎么竟会弄得名闻海峡两岸。这是因为有几位台湾朋友在我家吃过我做的菜，大加宣传而造成的。我只能做几个家常菜。大菜，我做不了。我到海南岛去，东道主送了我好些鱼翅、燕窝，我放在那里一直没动，因为不知道怎么做。有一点特色，可以称为我家小菜保留节目的有这些：

　　拌荠菜、拌菠菜。荠菜焯熟，切碎，香干切米粒大，与荠菜同拌，在盘中用手团成宝塔状。塔顶放泡好的海米，上堆姜米、蒜米。好酱油、醋、香油放在茶杯内，荠菜上桌后，浇在顶上，将荠菜推倒，拌匀，即可下箸。佐酒甚妙。没有荠菜的季节，可用嫩菠菜以同法制。这样做的拌菠菜比北京用芝麻酱拌的要好吃得多。这道菜已经在北京的几位作家中推广，凡试做者，无不成功。

　　干丝。这是淮扬菜，旧只有烫干丝。大白豆腐干片为薄片（刀工好的师傅一块豆腐干能片十六片），再切为细丝。酱油、醋、香油调好备用。干丝用开水烫后，上放青蒜米、姜丝（要嫩姜，切极细），将调料淋下，即得。这本是茶馆中在点心未蒸熟之前，先上桌佐茶的闲食，后来饭馆里也当一道菜卖了。煮干丝的历史我想不超过一百年。上汤（鸡汤或骨头汤）加火腿丝、鸡丝、冬菇丝、虾籽同熬（什么鲜东西都可以往里搁），下干丝，加盐，略加酱油，使微有色，煮两三开，加姜丝，即可上桌。聂华苓有一次上我家来，吃得非常开心，最后连汤汁都端起来喝了。北京大方豆腐干甚少见，可用豆腐片代。干丝重要的是刀工。袁子才谓"有味者使之出，无味者使之入"，干丝切得极细，方能入味。

烧小萝卜。台湾陈怡真到北京来，指名要我做菜，我给她做了几个菜，有一道是烧小萝卜，我知道台湾没有小红水萝卜（台湾只有白萝卜）。做菜看对象，要做客人没有吃过的，才觉新鲜。北京小水萝卜一年里只有几天最好。早几天，萝卜没长好，少水分，发艮，且有辣味，不甜；过了这几天，又长过了，糠。陈怡真运气好，正赶上小萝卜最好的时候。她吃了，赞不绝口。我做的烧小萝卜确实很好吃，因为是用干贝烧的。"粗菜细做"，是制家常菜的不二法门。

塞肉回锅油条。这是我的发明，可以申请专利。油条切成寸半长的小段，用手指将内层掏出空隙，塞入肉茸、葱花、榨菜末，下油锅重炸。油条有矾，较之春卷尤有风味。回锅油条极酥脆，嚼之真可声动十里人。

炒青苞谷。新玉米剥出粒，与瘦猪肉末同炒，加青辣椒。昆明菜。

其余的菜如冰糖肘子、腐乳肉、腌笃鲜、水煮牛肉、干煸牛肉丝、冬笋雪里蕻炒鸡丝、清蒸轻盐黄花鱼、川冬菜炒碎肉……大家都会做，也都是那个做法，在此不一一列举。

做菜要有想象力，爱琢磨，如苏东坡所说"忽出新意"；要多实践，学做一样菜总得失败几次，方能得其要领；也需要翻翻食谱。

在我所看的闲书中，食谱占一个重要地位。

做菜的乐趣第一是买菜，我做菜都是自己去买的。到菜市场要走一段路，这也是散步，是运动。我什么功也不练，只练"买菜功"。我不爱逛商店，爱逛菜市。看看那些碧绿生青、新鲜水灵的瓜菜，令人感到生之喜悦。其次是切菜、炒菜都得站着，对于一个终日伏案的人来说，改变一下身体的姿势是有好处的。最大的乐趣还是看家人或客人吃得很高兴，盘盘见底。做菜的人一般吃菜很少。我的菜端上来之后，我只是每样尝两筷，然后就坐着抽烟、喝茶、喝酒。从这点说起来，愿意做菜给别人吃的人是比较不自私的。

诗曰：

> 年年岁岁一床书，
> 弄笔晴窗且自娱。
> 更有一般堪笑处，
> 六平方米作庖厨。

买菜的艺术

蔡澜

广东道和奶路臣街之间的旺角市集是我最喜欢去的一个菜场。

不要误会，我指的并不是政府建的那座菜市而是街上的和路旁的小店铺及摊档。第一，它有个性，摆到道路中央，警察每天来抓，等他们走后，小贩摆满货物，大做其生意。

买菜，是一种艺术，和烹饪是呼应的。好厨子不规定今晚要炒些什么，看当天有什么新鲜或新奇的材料，就弄什么菜。

当然，无可选择的酒楼师傅又另当别论，而且，菜色一商业化，就失去了私人的格调和热爱，也是极可悲之事。

怎么样能买到好材料呢？以什么水平评定它的优劣？

这都要靠经验和爱好，没有得教的。

像一个当店学徒，他不是一生下来就会鉴定一件东西的好坏和价值，必要多看，多吃亏，最后才能成为高手。

到菜市场去逛一圈，就像去了字画铺，像进去一个古董拍卖场，必须从容不迫，悠闲地选择。

最贵的材料并不一定是最好的。比方说猪肉吧，猪排、梅肉条等部分价高，但是一只猪最好吃的方位包围在肺部外层，俗称的"猪肺捆"。它的肉纤维短而幼细，又略带肥肉和软骨，味浓而香，是上上肉，也是价钱最低微的肉。炒、红烧等皆可，滚汤更是一流。

煮完捞出来切片，蘸浓酱油和大蒜茸，美味无比，试试就知。如遇新鲜者，择而购之，肉贩都会称赞你。

在市场游荡之间，忽然，你的眼中一亮，因为你看到一种新鲜得发光的材料，那你的脑中即刻计算要以什么菜去陪衬它后，便要狠狠下手去买，贵一点也不成问题。

菜市场的菜，贵极有限，少打一场麻将，少输几场马，少买几张六合彩，已经足够你买任何一样东西。

逛菜市场是最享受的时候，有如追求女人。等到下手去买，便等于上了床。

家常菜

周作人

有这样一个故事，据说有一年，美国议会老爷若干名结队往法国游历，到了巴黎，市长竭诚地招待这班贵宾，雇了第一有名的厨子来做菜。这位大司务卷起袖口等着，听说客人差不多来了，预备要动手，随便问伙计道，他们现在干什么？答说，正在抽烟谈天哩，这位大司务便放下厨刀，对伙计说道，你来就行了，舌头熏厚了还懂得什么鸟味道。这本是传说，真假并不保证，那卷袖口和放厨刀的举动更是经不起考证研究，但是这故事还有意思，所以辗转传述下来了。主客本来都是资本主义的老板，不过一个是奢华的乡绅，一个是粗俗的暴发户，合不在一起，闹了笑话，这是很可能的。讲到实惠好吃，自然还是家常菜，说起来大概人人同意，可是实行很有问题，平时没有话讲，到得口袋里有几文富余的时候，还不是想上馆子去，吃搁点什么味精之类的名菜么？讲吃食不是我的本意，只觉得故事有点意义，所以记下来，却不意成功这样一篇文章了。

白灼

蔡澜

把生的食物变成熟的，最好的方法莫过于白灼了。

原汁原味，灼完的汤又可口，何乐不为？

但是过生的话，血淋淋，猪内脏一类，不能吃半生熟；过熟的话，肉质变老了，像嚼发泡胶，暴殄天物。

要灼得刚好，实在要多年的下厨经验才能做到。

有一个简单的方法可以试试，那就是锅子要大，滚了一锅水，下点油盐，把肉切成薄片后扔进去。水被冷的肉类冲击，就不滚了。这时，用个铁网作勺子把肉捞起，等待水再次滚了，又把肉扔进去，即刻熄火。余热会把肉弄得刚刚够熟，是完美的白灼。

有很多地道的小吃都是以白灼为主，像福建的街边档，一格格的格子中摆着已经准备好的猪肝、猪心等。客人要一碗面的话，在另一个炉中渌熟，再将上述食料灼它一灼，半生熟状铺在面上，最后淋上最滚最热的汤，即成，这碗猪杂面，天下美味。

香港的云吞面档有时也卖白灼牛肉，但可惜牛肉都经过苏打粉腌泡，灼出来的东西虽然软熟，但也没什么牛肉味可言。

怀念的是避风塘当年的白灼粉肠。粉肠是猪杂中最难处理的，

154

要将灼得刚刚好只有艇上的小贩才做得到。灼后淋上熟油和生抽，那种美味自从避风塘消失后就没尝过。

其实任何食物都可以用白灼来做，总比炸的和烤的简单，如果时间无法控制的话，选猪颈肉好了，它过老了也不会硬的。

一般人都以为蚝油和白灼是最佳拍档，但我认为蚝油最破坏白灼的精神，把食物变得千篇一律。要加蚝油的话，不如舀一汤匙凝固后的猪油，看那团白色的东西在灼熟的菜肉上慢慢溶化。此时香味扑鼻，连吞米饭三大碗，面不改色。

蟹

梁实秋

蟹是美味，人人喜爱，无间南北，不分雅俗。当然我说的是河蟹，不是海蟹。在台湾有人专门飞到香港去吃大闸蟹。好多年前我的一位朋友从香港带回了一篓螃蟹，分飨了我两只，得膏馋吻。蟹不一定要大闸的，秋高气爽的时节，大陆上任何湖沼、溪流，岸边稻米、高粱一熟，率多盛产螃蟹。在北平，在上海，小贩担着螃蟹满街吆唤。

七尖八团，七月里吃尖脐（雄），八月里吃团脐（雌），那是蟹正肥的季节。记得小时候在北平，每逢到了这个季节，家里总要大吃几顿，每人两只，一尖一团。照例通知长发送五斤花雕全家共饮。有蟹无酒，那是大煞风景的事。《晋书·毕卓传》："右手持酒杯，左手持蟹螯，拍浮酒船中，便足了一生矣！"我们虽然没有那样狂，也很觉得乐陶陶了。母亲对我们说，她小时候在杭州家里吃螃蟹，要慢条斯理，细吹细打，一点蟹肉都不能糟蹋。食毕要把破碎的蟹壳放在戥子上称一下，看谁的一份儿分量轻，表示吃得最干净，有奖。我心粗气浮，没有耐心，蟹的小腿部分总是弃而不食，肚子部分囫囵略咬而已。每次食毕，母亲教我们到后院采择艾尖一大把，搓碎了洗手，去腥气。

在餐馆里吃"炒蟹肉"，南人称"炒蟹粉"，有肉有黄，免得自己剥壳，吃起来痛快，味道就差多了。西餐馆把蟹肉剥出来，填在蟹匡里（蟹匡即蟹壳）烤，那种吃法别致，也索然寡味。食蟹而不失原味的唯一方法是放在笼屉里整只地蒸。在北平吃螃蟹的唯一好去处是前门外肉市正阳楼。他家的蟹特大而肥。从天津运到北平的大批蟹，到车站开包，正阳楼先下手挑拣其中最肥大者，比普通摆在市场或担贩手中者可以大一倍有余。我不知道他家是怎样获得这一特权的。蟹到店中畜在大缸里，浇鸡蛋白催肥，一两天后才应客。我曾掀开缸盖看过，满缸的蛋白泡沫。食客每人一副小木槌、小木垫，黄杨木制，旋床子定制的，小巧合用，敲敲打打，可免牙咬手剥之劳。我们因为是老主顾，伙计送了我们好几副这样的工具。在正阳楼吃蟹，每客一尖一团足矣，然后补上一碟烤羊肉夹烧饼而食之，酒足饭饱。别忘了要一碗余大甲。这碗汤妙趣无穷，高汤一碗煮沸，投下剥好了的蟹螯七八块，立即起锅注在碗内，撒上芫荽末、胡椒粉和切碎了的回锅老油条。除了这一味余大甲，没有任何别的羹汤可以压得住这一餐饭的阵脚。以蒸蟹始，以大甲汤终，前后照应，犹如一篇起承转合的文章。

蟹黄、蟹肉有许多种吃法，烧白菜、烧鱼唇、烧鱼翅都可以。蟹黄烧卖则尤其可口，唯必须真有蟹黄、蟹肉放在馅内才好，不是一两小块蟹黄摆在外面做样子的。蟹肉可以腌后收藏起来，是为"蟹胥"，俗名为"蟹酱"。这是我们古已有之的美味。《周礼·天官·庖人》注："青州之蟹胥。"青州在山东，我在山东住过，却不曾吃过青州蟹胥，但是我有一位家在芜湖的同学，他从家乡带了一小坛蟹酱给我。打开坛子，黄澄澄的蟹油一层，香气扑鼻。一碗

阳春面，加进一两匙蟹酱，岂止是"清水变鸡汤"？

海蟹虽然味较差，但是个子粗大，肉多。从前我乘船路过烟台、威海卫，停泊之后，舢板云集，大半是贩卖螃蟹和大虾的，都是煮熟了的，价钱便宜，买来就可以吃。虽然微有腥气，聊胜于无。生平吃海蟹最满意的一次，是在美国华盛顿州的安哲利斯港的码头附近。买得两只巨蟹，硕大无朋，从冰柜里取出，却十分新鲜，也是煮熟了的。一家人乘等候轮渡之便，在车上分而食之，味甚鲜美，和河蟹相比各有千秋。这一次的享受至今难忘。

陆放翁诗："磊落金盘荐糖蟹。"我不知道螃蟹可以加糖。可是古人记载确有其事。《清异录》："炀帝幸江州，吴中贡糖蟹。"《梦溪笔谈》："大业中，吴郡贡蜜蟹二千头。……又何胤嗜糖蟹。大抵南人嗜咸，北人嗜甘，鱼蟹加糖蜜，盖便于北俗也。"

如今北人没有这种风俗，至少我没有吃过甜螃蟹，我只吃过南人的醉蟹，真咸！螃蟹蘸姜醋，是标准的吃法，常有人在醋里加糖，变成酸甜的味道，怪！

天下第一的豆腐

周作人

　　豆腐，这倒真可以算是天下第一，不但中国发明最早，至今外国还是没有，而且将来恐怕也是不会有的。在日本有豆腐，这是由中国传过去的，主要还是因为用筷子吃饭，所以传得进去，若是西洋各国便没法吃，大概除了杏仁豆腐（其实却并不是豆腐）外，我想无论怎样高手的大司务做不好一样豆腐的西菜来吧。在中国这是那么普遍，它制成各种的花样，可以做出各种的肴馔，我们只说乡下的豆腐的几样吃法。第一是炖豆腐，豆腐煮过，漉去水，入砂锅加香菰、笋、酱油、麻油久炖，是老式家庭菜，其味却极佳，有地方称为大豆腐，我们乡下则忌讳此语，因为人死时亲戚赴斋，才叫吃大豆腐。芋艿切丝或片，放碗上，与豆腐分别在饭镬上蒸熟，随后拌和加酱油，唯北方芋头不黏滑，照样做了味道不能很好。豆腐切片油煎，加青蒜，叶及茎都要，一并烧熟，名为大蒜煎豆腐，我不喜蒜头，但这碗里的大蒜却是吃得很香，而且屡吃不厌。这些都是乡下菜，材料不贵，做法简单，味道又质朴清爽，可以代表老百姓的作风。发明豆腐的是了不得，但想到做霉豆腐的人我也不能不佩服，家里做虽然稍为麻烦，可是做出来特别好吃，与店里的是大不相同的。

蔡家蛋粥

蔡澜

在西班牙拍戏，连赶几个晚班，天昏地暗，不知今天是星期几。

黎明归来，肚子饿个叽里咕噜，本来想泡一包方便面充饥算数，但又觉得太对不起自己。想起小时家人所煮的粥，一阵兴奋，好好地做一餐享受享受。

吹着口哨，用第一个炉子烧了一壶开水。打开窗户，让清凉的风吹进来，顺便听听小鸟的啼叫。

由远方带来的虾米，等水一沸，便先冲去过量的盐分，倒掉，再添一碗浸出虾米的鲜味。把昨天吃剩的硬饭放进锅中，第二个炉子已热，加入虾米和鲜汁，滚它十几分钟。

这过程中，快刀切小红葱成细片，在第三个炉中以慢火加猪油煎至金黄，另将芫荽和青葱剁烂，放在一旁待备。

猪肉挑选连在排骨边的小横肌，这种肉煮久也不会变硬，而且香味十足，价钱很便宜。切片后扔进粥中，使汤中除了虾米，还有别的味道变化。豪华一点可加火腿丝，但是不能太多，否则喧宾夺主。

　　准备工夫已经做得完善，再下来的一切都是瞬间的事。所以态度绝对要从容，秩序按部就班，时间一秒也不可有差错。粥已滚得发泡，抓定主意，一、二、三，选两个肥鸡蛋打进去。打开鸡蛋壳原则上要用单手，往锅边一敲，食、中、拇三只手指把蛋壳撑开，等鸡蛋入锅后即扔第一个蛋壳，随着投入第二个。记住，用双手打开鸡蛋，是对鸡蛋不敬。闪电般地用勺子把鸡蛋和粥捣匀，滴进鱼露，随即撒些冬菜，加入青葱和芫荽，最后，以黑胡椒粉完成。

　　用小碗盛之，入口前，添几茶匙爆香的小红葱猪油。香味喷出。听到敲门声，隔壁的同事，拿着空碗排队等待，口水直流。

萝卜汤的启示

梁实秋

抗战时我初到重庆，暂时下榻于上清寺一位朋友家。晚饭时，主人以一大钵排骨汤飨客，主人谦逊地说："这汤不够味。我的朋友杨太太做的排骨萝卜汤才是一绝，我们无论如何也仿效不来，你去一尝便知。"杨太太也是我的熟人，过几天她邀我们几个熟人到她家去餐叙。

席上果然有一大钵排骨萝卜汤。揭开瓦钵盖，热气冒三尺。每人舀了一小碗。哇！真好吃。排骨酥烂而未成渣，萝卜煮透而未变泥，汤呢，热、浓、香、稠，大家都吃得直吧嗒嘴。少不得人人要赞美一番，并且异口同声地向主人探询，做这一味汤有什么秘诀。加多少水、煮多少时候，用文火、用武火？主人只是咧着嘴笑，支支吾吾地说："没什么，没什么，这种家常菜其实上不得台面，不成敬意。"客人们有一点失望，难道说这其间还有什么职业的秘密不成，你不肯说也就罢了。这时节，一位心直口快的朋友开腔了，他说："我来宣布这个烹调的秘诀吧！"大家都注意倾听，他不慌不忙地说："道理很简单，多放排骨，少加萝卜，少加水。"也许他说的是实话，实话往往可笑。于是座上泛起了一阵轻微的笑声，主人顾左右而言他。

宴罢，我回到上清寺朋友家。他问我方才席上所宣布的排骨萝卜汤秘诀是否可信，我说："不妨一试。多放排骨，少加萝卜，少加水。"当然，排骨也有成色可分，需要拣上好的；切萝卜的刀法也有讲究，大小厚薄要适度；火候不能忽略，要慢火久煨。试验结果，大成功。杨太太的拿手菜不再是独门绝活。

从这一桩小事，我联想到做文章的道理。文字掷地作金石声，固非易事，但是要做到言中有物，不令人觉得淡而无味，却是不难办到的。少说废话，这便是秘诀，和汤里少加萝卜少加水是一个道理。

藕的吃法

周作人

报上说到玄武湖的莲花的用处，题曰《冬天吃藕》，有云："藕可做丸子，炒藕丝，切了块烧在粥饭中。"藕在果品中间的确是一种很特别的东西，巧对故事里的一弯西子臂，七窍比干心，虽似试帖诗的样子，实在是很能说出它的特别地方来。当作水果吃时，即使是很嫩的花红藕，我也不大佩服，还是熟吃觉得好。其一是藕粥与蒸藕，用糯米煮粥，加入藕去，同时也制成蒸藕了，因为有天然的空窍，中间也装好了糯米去，切成片时很是好看。其二是藕脯，实在只是糖煮藕罢了，把藕切为大小适宜的块，同红枣、白果煮熟，加入红糖，这藕与汤都很好吃，乡下过年祭祖时，必有此一品，为小儿辈所欢迎，还在鲞冻肉之上。其三是藕粉，全国通行，无须赘说。三者之中，藕脯纯是家常吃食，做法简单，也最实惠耐吃。藕粥在市面上只一个时候有卖，风味很好，却又是很普通的东西，从前只要几文钱就可吃一大碗，与荤粥、豆腐浆相差不远。藕粉我却不喜欢，吃时费事自是一个原因，此外则嫌它薄的不过瘾，厚了又不好吃，可以说是近于鸡肋吧。

家常酒菜

汪曾祺

　　家常酒菜，一要有点新意，二要省钱，三要省事。偶有客来，酒渴思饮。主人卷袖下厨，一面切葱姜，调佐料，一面仍可陪客人聊天，显得从容不迫，若无其事，方有意思。如果主人手忙脚乱，客人坐立不安，这酒还喝个什么劲儿！

拌菠菜

　　拌菠菜是北京大酒缸最便宜的酒菜。菠菜焯熟，切为寸段，加一勺芝麻酱、蒜汁。或要芥末，随意。过去（一九四八年以前）才三分钱一碟。现在北京的大酒缸已经没有了。

　　我做的拌菠菜稍为细致。菠菜洗净，去根，在开水锅中焯至八成熟（不可盖锅煮烂），捞出，过凉水，加一点盐，剁成菜泥，挤去菜汁，以手在盘中抟成宝塔状。先碎切香干（北方无香干，可以熏干代），如米粒大，泡好虾米，切姜末、青蒜末。香干末、虾米、姜末、青蒜末，手捏紧，分层堆在菠菜泥上，如宝塔顶。好酱油、香醋、小磨香油及少许味精在小碗中调好。菠菜上桌，将调料轻轻自塔顶淋下。吃时将宝塔推倒，诸料拌匀。

这是我的家乡制拌枸杞头、拌荠菜的办法。北京枸杞头不入馔，荠菜不香。无可奈何，代以菠菜，亦佳。清馋酒客，不妨一试。

拌萝卜丝

小红水萝卜，南方叫"杨花萝卜"，因为是杨花飘时上市的。洗净，去根须，不可去皮。斜切成薄片，再切为细丝，愈细愈好。加少糖，略腌，即可装盘。轻红嫩白，颜色可爱。扬州有一种菊花，即叫"萝卜丝"。临吃，浇以三合油（酱油、醋、香油）。

或加少量海蜇皮细丝同拌，尤佳。

家乡童谣曰"人之初，鼻涕拖，油炒饭，拌萝菠"，可见其普遍。

若无小水萝卜，可以心里美或卫青代，但不如杨花萝卜细嫩。

干丝

干丝是扬州菜。北方买不到扬州那种质地紧密，可以片薄片，切细丝的方豆腐干，可以豆腐片代。但须选色白，质紧，片薄者。切极细丝，以凉水拔二三次，去盐卤味及豆腥气。

拌干丝。拔后的豆腐片细丝入沸水中煮两三开，捞出，沥去水，置浅汤碗中。青蒜切寸段，略焯，虾米发透，并堆置豆腐丝上。五香花生米搓去皮膜，撒在周围。好酱油、小磨香油，醋（少量），淋入，拌匀。

煮干丝。鸡汤或骨头汤煮。若无鸡汤骨汤，用高压锅煮几片肥瘦肉取汤亦可，但必须有荤汤。加火腿丝、鸡丝。亦可少加冬菇丝、笋丝。或入虾仁、干贝，均无不可。欲汤白者入盐。或稍加酱油（万不可多），少量白糖，则汤色微红。拌干丝宜素，要清爽；煮干丝则不厌浓厚。

无论拌干丝、煮干丝，都要加姜丝，多多益善。

扦瓜皮

黄瓜（不太老即可）切成寸段，用水果刀从外至内旋成薄条，如带，成卷。剩下带籽的瓜心不用。酱油、糖、花椒、大料、桂皮、胡椒（破粒）、干红辣椒（整个）、味精、料酒（不可缺）调匀。将扦好的瓜皮投入料汁，不时以筷子翻动，使瓜皮沾透料汁，腌约一小时，取出瓜皮装盘。先装中心，然后以瓜皮瓜面朝外，层层码好，如一小坟头，仍以所余料汁自坟头顶淋下。扦瓜皮极脆，嚼之有声，诸味均透，仍有瓜香。此法得之海拉尔一曾治过国宴的厨师。一盘瓜皮，所费不过四五角钱耳。

炒苞谷

昆明菜。苞谷即玉米。嫩玉米剥出粒，与瘦猪肉同炒，少放盐。略用葱花煸锅亦可，但葱花不能煸得过老，如成黑色，即不美观。不宜用酱油，酱油会掩盖苞谷的清香。起锅时可稍烹水，但不能多，多则成煮苞谷矣！我到菜市买玉米，挑嫩的，别人都很奇怪："挑嫩的干什么？"——"炒肉。"——"玉米能炒了吃？"北京人真是少见多怪。

松花蛋拌豆腐

北豆腐入开水焯过，俟冷，切为小骰子块，加少许盐。松花蛋（要腌得较老的），亦切为骰子块，与豆腐同拌。老姜在蒜臼中捣烂，加水，滗去渣，淋入。不宜用姜米，亦不加醋。

芝麻酱拌腰片

拌腰片要领：一、先不要去腰臊，只用快刀两面平片，剩下腰臊即可扔掉。如先将腰子平剖两半，剔出腰臊，再用平刀片，则腰片易残破不整。二、腰片须用凉水拔，频频换水，至腰片血水排净，方可用。三、焯腰片要锅大水多。等水大开，将腰片推下，旋即用笊篱抄出，不可等腰片复开。将第一次焯腰片的水泼去，洗净锅，再坐锅，水大开，将焯过一次的腰片投入再焯，旋即捞出，放凉水盆中。两次焯，则腰片已熟，而仍脆嫩。如一次焯，待腰片大开，即成煮矣。腰片凉透，挤去水，入盘，浇以生芝麻酱、剁碎的郫县豆瓣、葱末、姜米、蒜泥。

拌里脊片

以四川制水煮牛肉法制猪肉，亦可。里脊或通脊斜切薄片，以芡粉抓过。烧开水一锅，投入肉片，以笊篱翻拢，至肉片变色，即可捞出，加调料。

如热吃，即可倾入水煮牛肉的调料：郫县豆瓣（剁碎）炒至出香味，加酱油、少量糖、料酒。最后撒碾碎的生花椒、芝麻。

焯过肉的汤，撇去浮沫，可做一个紫菜汤。

塞馅回锅油条

油条两股拆开，切成寸半长的小段。拌好猪肉（肥瘦各半）馅。馅中加盐、葱花、姜末。如加少量榨菜末或酱瓜末、川冬菜末，亦可。用手指将油条小段的窟窿捅通，将肉馅塞入，逐段下油锅炸至油条挺硬，肉馅已熟，捞出装盘。此菜嚼之酥脆。油条中有矾，略有涩味，比炸春卷味道好。

这道菜是本人首创，为任何菜谱所不载。很多菜都是馋人瞎捉摸出来的。

其他酒菜

凤尾鱼、广东香肠，市上可以买到；茶叶蛋、油炸花生米、五香煮栗子、煮毛豆，人人会做；盐水鸭、水晶肘子，做起来太费事，皆不及。

饺子

梁实秋

　　"好吃不过饺子，舒服不过倒着。"这是北方乡下的一句俗语。北平城里的人不说这句话。因为北平人过去不说饺子，都说"煮饽饽"，这也许是满族语。我到了十四岁才知道煮饽饽就是饺子。

　　北方人，不论贵贱，都以饺子为美食。钟鸣鼎食之家有的是人力财力，吃顿饺子不算一回事。小康之家要吃顿饺子要动员全家老少，和面、擀皮、剁馅、包捏、煮，忙成一团，然而亦趣在其中。年终吃饺子是天经地义，有人胃口特强，能从初一到十五顿顿饺子，乐此不疲。当然连吃两顿就告饶的也不是没有。至于在乡下，吃顿饺子不易，也许要在姑奶奶回娘家时候才能有此豪举。

　　饺子的成色不同，我吃过最低级的饺子。抗战期间有一年除夕我在陕西宝鸡，餐馆过年全不营业，我踯躅街头，遥见铁路旁边有一草棚，灯火荧然，热气直冒，乃趋就之，竟是一间饺子馆。我叫了二十个韭菜馅饺子，店主还抓了一把带皮的蒜瓣给我，外加一碗热汤。我吃得一头大汗，十分满足。我也吃过顶精致的一顿饺子。在青岛顺兴楼宴会，最后上了一钵水饺，饺子奇小，长仅寸许，馅子却是黄鱼韭黄，汤是清澈而浓的鸡汤，表面上还漂着少许鸡油。

大家已经酒足菜饱，禁不住诱惑，还是给吃得精光，连连叫好。

做饺子第一面皮要好。店肆现成的饺子皮，碱太多，煮出来滑溜溜的，咬起来韧性不足。所以一定要自己和面，软硬合度，而且要多醒一阵子。盖上一块湿布，防干裂。擀皮子不难，久练即熟，中心稍厚，边缘稍薄。包的时候一定要用手指捏紧。有些店里伙计包饺子，用拳头一握就是一个，快则快矣，煮出来一个个的面疙瘩，一无是处。

饺子馅各随所好。有人爱吃荠菜，有人怕吃茴香。有人要薄皮大馅，最好是一兜儿肉，有人愿意多屬青菜（有一位太太应邀吃饺子，咬了一口大叫，主人以为她必是吃到了苍蝇蟑螂什么的，她说："怎么，这里面全是菜！"主人大窘）。有人以为猪肉冬瓜馅最好，有人认定羊肉白菜馅为正宗。韭菜馅有人说香，有人说臭，天下之口并不一定同嗜。

冷冻饺子是不得已而为之，还是新鲜的好。据说新发明了一种制造饺子的机器，一贯作业，整洁迅速，我尚未见过。我想最好的饺子机器应该是——人。

吃剩下的饺子，冷藏起来，第二天油锅里一炸，炸得焦黄，好吃。

看书、喝茶、晒太阳，一个人放肆欢喜

所谓艺术的生活，就是把创作艺术、鉴赏艺术的态度来应用在人生中，即教人在日常生活中看出艺术的情味来。倘能因艺术的修养，而得到了梦见这美丽世界的眼睛，我们所见的世界，就处处美丽，我们的生活就处处滋润了。

玩

蔡澜

很多年前，我写了一本书，叫《玩物养志》，也刻过同字闲章自娱，拿给师父修改。

"玩物养志？有什么不好？"冯康侯老师说，"能附庸风雅，更妙，现代的人就是不会玩，连风雅也不肯附。"

香港是一个购物天堂，但也不尽是一些外国名牌，只要肯玩，有心去玩，贵的也有，便宜的更可随手拈来。

很佩服的是苏州男子，当他们穷极无聊时，在湖边舀几片小浮萍，装入茶杯里，每天看它们增加，也是乐趣无穷。我们得用这种心态去玩，而且要进一步地去研究世上的浮萍到底有多少种类。从浮萍延伸到其他植物，甚至大树，最后不断地观察树的苍梧，为它着迷。

研究的过程中，我们会看很多参考书，从前辈那里得到宝贵的知识，还把那个人当成知己。朋友随之增多。慢慢地，自己也有了些独特的看法，大喜，以专家自称时，看到另一本书，发现原来同样的知识数百年前古人已经知晓，才懂得什么叫羞耻，从此做人更为谦虚。

香港又是一个卧虎藏龙地，每一行都有专家，而怎么成为专家？都是努力得来的。对一件事物发生了浓厚的兴趣，再怎么辛苦，也会去学精，当你自己成为一个或者半个专家后，就能以此谋生，不必再替别人打工了。

教你怎么赚钱的专家多的是，打开报纸的财经版，每天都有人指导你，事业成功的老板更会发表言论来炫耀。书店中充满有钱佬的回忆录和传记，把所有的都看遍，也不见得会发达。

还是教你怎么玩的书，更为好看，人类活到老死，不玩对不起自己。生命对我们并不公平，我们一生下来就会哭，人生忧患识字始，长大后不如意事十常八九，只有玩，才能得到心理平衡。

下棋、种花、养金鱼，都不必花太多钱，买一些让自己悦目的日常生活用品，也不会太破费，绝对不是玩物丧志，而是玩物养志。

怎样使我们生活丰富?

宋白华

要解决这个问题,首先要问:究竟什么叫做生活?

生活这个现象,可以从两方面观察。就着客观的——生物学的——地位看来,生活就是一个有机体同他的环境发生的种种的关系。

就着主观的——心理学的——地位看来,生活就是我们对外经验和对内经验总全的名称。

我这篇短论的题目,是问怎样使我们的生活丰富。换言之,就是立于主观的地位,研究怎样可以创造一种丰富的生活。那么,我对于"生活"二字认定的解释,就是"生活"等于"人生经验的全体"。

生活即是经验,生活丰富即是经验丰富,这是我这篇内简括扼要的答案。但是,诸位不要误会经验是一种消极被动的容纳,要知道,经验是一种积极的创造行为,然后,才知道我们具有使生活丰富、经验丰富的可能性。我们能用主观的方法,使我们的生活尽量地丰富、优美、愉快、有价值。

我们怎样使生活丰富呢?我分析我们生活的内容为"对外的经

176

验"，即是对于自然与社会的观察、了解、思维、记忆；与"对内的经验"，即是思想、情绪、意志、行为。我们要想使生活丰富，也就是在这两方面着手：一方面增加我们对外经验的能力，使我们的观察研究的对象增加；一方面扩充我们对内经验的质量，使我们思想情绪的范围丰富。请听我详细说来。

我们闲居无事的时候，独往独来，或是走到自然中，看着闲云流水、野草寒花，或跑到闹市里观看社会情状、人事纷纭，在这个时候，最容易看出我们自己思想智慧的程度的高下。因为，一个思想丰富的人，他见着这极平常普通的现象，处处可以发挥他的思想，触动他的情绪，很觉得意趣浓深，灵活机动，丝毫不觉得寂寞。我记得德国诗人海涅（Heinich Heine）到了伦敦，有一天，走到一个街角上站了片刻，看见市声人海中的万种变相，就说道："我想，要使一个哲学家来到此地站立一天，一定比他说尽古来希腊哲学书还有价值。因为，他直接地观察了人生，观察了世界。"他这几句话真可以表示他的思想丰富，生活丰富，随处可以发生无尽的观念感想，绝不会再有寂寞无聊的感觉。而一般普通常人听了他这话，大半是不甚了解，因为他们自己设若有了十分钟的幽闲无事，一定就会发生无聊烦闷的状态，不知怎样才好，要不是长夏静睡，就要去寻伴谈心了。由此可以看出，我们的生活丰富不丰富，全在我们对于生活的处置如何，不在环境的寂寞不寂寞。我们对于一种寂寞的、单调的环境，要有方法使它变成复杂的、丰富的对象。这种方法，怎么样呢？我现在把我自己向来的经验，对诸君说说，看以为如何。

我向来闲的时候，就随意地走到自然中或社会中，随意地选择一种对象，做以下的几种观察：

（一）艺术的。（二）人生的。（三）社会的。（四）科学的。（五）哲学的。

先说一个例。

我有一次黄昏的时候，走到街头一家铁匠门首站着。看见那黑漆漆的茅店中，一堆火光耀耀，映着一个工作的铁匠，红光射在他半边的臂上、身上、面上，映衬着那后面一片的黑暗，非常鲜明。那铁匠举着他极健全丰满的腕臂，取了一个极适当协和的姿势，击着那透红的铁块，火光四射。我看着心里就想道：这不是一幅极好的荷兰画家的画稿？我心里充满了艺术的思想，站着看着，不忍走了。心中又渐渐地转想到人生问题，心想人生最健全、最真实的快乐，就是一个有定的工作。我们得了它有一定的工作，然后才得身心泰然，从劳动中寻健全的乐趣，从工作中得人生的价值。社会中实实的支柱，也就是这班各尽所能的劳动家。将来社会的进化，还是靠这班真正工作的社会分子，决不是由于那些高等阶级的高等游民。我想到此地，则是从人生问题，又转到社会问题了。后来我又联想到生物学中的生存竞争说，又想到叔本华的生存意志的人生观与宇宙观，黄昏片刻之间，对于社会人生的片段，做了许多有趣的观察，胸中充满了乐意，慢慢地走回家中，细细地玩味我这丰富生活的一段。

以上是我现身说法，报告诸君丰富生活的方法。诸君自由运用，可以使人生最小的一段，化成三四倍的内容，乃不致因闲暇而无聊，因无聊而堕落，因堕落而痛苦了。

但这还不是我所说对外经验丰富的方法。这还是静观的、消极的、偏于艺术的方法。这不过是把我们一种的对外经验、一个自然界的对象，做多方面的玩味观察，把一个单调的、平常的环境，化成一个复杂的、丰富的对象，使它表现多方面——艺术，人生，社会，科学，哲学——的境相。用一个比譬说来，就是我们使我们的"心"成了一个多方面的折光的镜子，照着那简单的物件，变成多方面的形态色彩。这已经可以使我们生活丰富不少。但我们还要使我们"内在经验"也扩充丰富，使我们的感情意志方面也不寂寞，这有什么方法呢？这个实在很简单。我们情绪意志的表现是在"行为"中，我们只要积极地奋勇地行为，投身于生命的波浪、世界的潮流，一叶扁舟，莫知所属，尝遍着各色情绪细微的弦音，经历着一切意志汹涌的变态。那时，我们的生活内容丰富无比。再在这个丰富的生命的泉中，从理性方面发挥出思想学术，从情绪方面发挥出诗歌、艺术，从意志方面发挥出事业行为，这不是我们所理想的最高的人格么？

所以，我们要丰富我们的生活，并不是娱乐主义、个人主义，乃是求人格的尽量发挥、自我的充分表现，以促进人类人格上的进化。诸君也有这个意思么？

初冬浴日漫感

丰子恺

离开故居一两个月，一旦归来，坐到南窗下的书桌旁时第一感到异样的，是小半书桌的太阳光。原来夏已去，秋正尽，初冬方到。窗外的太阳已随分南倾了。

把椅子靠在窗缘上，背着窗坐了看书，太阳光笼罩了我的上半身。它非但不像一两月前地使我讨厌，反使我觉得暖烘地快适。这一切生命之母的太阳似乎正在把一种祛病延年、起死回生的乳汁，通过了它的光线而流注到我的身体中来。

我掩卷冥想：我吃惊于自己的感觉，为什么忽然这样变了？前日之所恶变成了今日之所欢；前日之所弃变成了今日之所求；前日之仇变成了今日之恩。张眼望见了弃置在高阁上的扇子，又吃一惊。前日之所欢变成了今日之所恶；前日之所求变成了今日之所弃；前日之恩变成了今日之仇。

忽又自笑"夏日可畏，冬日可爱"，以及"团扇弃捐"，古之名言，夫人皆知，又何足吃惊？于是我的理智屈服了。但是我的感觉仍不屈服，觉得当此炎凉递变的交代期上，自有一种异样的感觉，足以使我吃惊。这仿佛是太阳已经落山而天还没有全黑的傍晚时光：

我们还可以感到昼，同时已可以感到夜。又好比一脚已跨上船而一脚尚在岸上的登舟时光：我们还可以感到陆，同时亦可以感到水。我们在夜里固皆知道有昼，在船上固皆知道有陆，但只是"知道"而已，不是"实感"。我久被初冬的日光笼罩在南窗下，身上发出汗来，渐渐润湿了衬衣。当此之时，浴日的"实感"与挥扇的"实感"在我身中混成一气，这不是可吃惊的经验吗？

于是我索性抛书，躺在墙角的藤椅里，用了这种混成的实感而环视室中，觉得有许多东西大变了相。有的东西变好了：像这个房间，在夏天常嫌其太小，洞开了一切窗门，还不够，几乎想拆去墙壁才好。但现在忽然大起来，大得很！不久将要用屏帏把它隔小来了。又如案上这把热水壶，以前曾被茶缸驱逐到碗橱的角里，现在又像纪念碑似的矗立在眼前了。棉被从前在伏日里晒的时候，大家讨嫌它既笨且厚，现在铺在床里，忽然使人悦目，样子也薄起来了。沙发椅子曾经想卖掉，现在幸而没有人买去。从前曾经想替黑猫脱下皮袍子，现在却羡慕它了。反之，有的东西变坏了：像风，从前人遇到了它都称"快哉！"，欢迎它进来，现在渐渐拒绝它，不久要像防贼一样严防它入室。又如竹榻，以前曾为众人所宝，极一时之荣，现在已无人问津，形容枯槁，毫无生气了。壁上一张汽水广告画。角上画着一大瓶汽水，和一只泛溢着白泡沫的玻璃杯，下面画着海水浴图。以前望见汽水图口角生津，看了海水浴图恨不得自己做了画中人，现在这幅画几乎使人打寒噤了。

裸体的洋囡囡跌坐在窗口的小书架上，以前觉得它太写意，现在看它可怜起来。希腊古代名雕的石膏模型 Venus 立像，把裙子褪在大腿边，高高地独立在凌空的花盆架上。我在夏天看见她的脸孔是带笑的，这几天望去忽觉其容有蹙，好像在悲叹她自己失却了两只手臂，无法拉起裙子来御寒。

　　其实，物何尝变相？是我自己的感觉变叛了。感觉何以能变叛？是自然教它的。自然的命令何其严重：夏天不由你不爱风，冬天不由你不爱日。自然的命令又何其滑稽：在夏天定要你赞颂冬天所诅咒的，在冬天定要你诅咒夏天所赞颂的！

　　人生也有冬夏，童年如夏，成年如冬；或少壮如夏，老大如冬。在人生的冬夏，自然也常教人的感觉变叛，其命令也有这般严重，又这般滑稽。

读书

老舍

　　若是学者才准念书，我就什么也不要说了。大概书不是专为学者预备的；那么，我可要多嘴了。

　　从我一生下来直到如今，没人盼望我成个学者；我永远喜欢服从多数人的意见。可是我爱念书。

　　书的种类很多，能和我有交情的可很少。我有决定念什么的全权；自幼儿我就会逃学，楞挨板子也不肯说我爱《三字经》和《百家姓》。对，《三字经》便可以代表一类——这类书，据我看，顶好在判了无期徒刑后去念，反正活着也没多大味儿。这类书可真不少，不知道为什么；也许是犯无期徒刑罪的太多；要不然便是太少——我自己就常想杀些写这类书的人。我可是还没杀过一个，一来是因为——我才明白过来——写这样书的人敢情有好些已经死了，比如写《尚书》的那位李二哥。二来是因为现在还有些人专爱念这类书，我不便得罪人太多了。顶好，我看是不管别人；我不爱念的就不动好了。好在，我爸爸没希望我成个学者。

　　第二类书也与咱无缘：书上满是公式，没有一个"然而"和"所以"。据说，这类书里藏着打开宇宙秘密的小金钥匙。我倒久想

明白点真理，如地是圆的之类；可是这种书别扭，它老瞪着我。书不老老实实的当本书，瞪人干吗呀？我不能受这个气！有一回，一位朋友给我一本《相对论原理》，他说：明白这个就什么都明白了。我下了决心去念这本宝贝书。读了两个"配纸"，我遇上了一个公式。我跟它"相对"了两点多钟！往后边一看，公式还多了去啦！我知道和它们"相对"下去，它们也许不在乎，我还活着不呢？

可是我对这类书，老有点敬意。这类书和第一类有些不同，我看得出。第一类书不是没法懂，而是懂了以后使我更糊涂。以我现在的理解力——比上我七岁的时候，我现在满可以做圣人了——我能明白"人之初，性本善"。明白完了，紧跟着就糊涂了；昨儿个晚上，我还挨了小女儿——玫瑰唇的小天使——一个嘴巴。我知道这个小天使性本不善，她才两岁。第二类书根本就看不懂，可是人家的纸上没印着一句废话；懂不懂的，人家不闹玄虚，它瞪我，或者我是该瞪。我的心这么一软，便把它好好放在书架上；好打好散，别太伤了和气。

这要说到第三类书了。其实这不该算一类；就这么算吧，顺嘴。这类书是这样的：名气挺大，念过的人总不肯说它坏，没念过的人老怪害羞地说将要念。譬如说《元曲》，太炎"先生"的文章，罗马的悲剧，辛克莱的小说，《大公报》——不知是哪儿出版的一本书——都算在这类里，这些书我也都拿起来过，随手便又放下了。这里还就属那本《大公报》有点劲。我不害羞，永远不说将要念。好些书的广告与威风是很大的，我只能承认那些广告做得不错，谁管它威风不威风呢。

"类"还多着呢，不便再说；有上面的三项也就足所证明我怎样的不高明了。该说读的方法。

怎样读书，在这里，是个自决的问题；我说我的，没勉强谁跟我学。

第一，我读书没系统。借着什么，买着什么，遇着什么，就读什么。不懂的放下，使我糊涂的放下，没趣味的放下，不客气。我不能叫书管着我。

第二，读得很快，而不记住。书要都叫我记住，还要书干吗？书应该记住自己。对我，最讨厌的发问是："那个典故是哪儿的呢？""那句书是怎么来着？"我永不回答这样的考问，即使我记得。我又不是印刷机器养的，管你这一套！

读得快，因为我有时候跳过几页去。不合我的意，我就练习跳远。书要是不服气的话，来跳我呀！看侦探小说的时候，我先看最后的几页，省事。

第三，读完一本书，没有批评，谁也不告诉。一告诉就糟："嘿，你读《啼笑因缘》？"要大家都不读《啼笑因缘》，人家写它干吗呢？一批评就糟："尊家这点意见？"我不惹气。读完一本书再打通儿架，不上算。我有我的爱与不爱，存在我自己心里。我爱念什么就念，有什么心得我自己知道，这是种享受，虽然显得自私一点。

再说呢，我读书似乎只要求一点灵感。"印象甚佳"便是好书，我没工夫去细细分析它，所以根本便不能批评。"印象甚佳"有时候并不是全书的，而是书中的一段最入我的味；因为这一段使我对这全书有了好感；其实这一段的美或者正足以破坏了全体的美，但是我不去管；有一段叫我喜欢两天的，我就感谢不尽。因此，设若我真去批评，大概是高明不了。

第四，我不读自己的书，不愿谈论自己的书。"儿子是自己的

好"，我还不晓得，因为自己还没有过儿子。有个小女儿，女儿能不能代表儿子，就不得而知。"老婆是别人的好"，我也不敢加以拥护，特别是在家里。但是我准知道，书是别人的好。别人的书自然未必都好，可是至少给我一点我不知道的东西。自己的，一提都头疼！自己的书，和自己的运气，好像永远是一对儿累赘。

第五，哼，算了吧。

煎茶

周树人

　　《亦报》邮寄偶有失落，请求补寄到来时大抵已迟了七八天了，勤孟先生的那篇《中国茶道》，因此也是刚才看见的，却令我想起震钧的《煎茶说》来。这收在《天咫偶闻》卷八中，据他说是根据陆羽《茶经》想出来的，读了觉得颇有道理，但没有试验过，因为准备稍为有点麻烦。茶叶倒并不拘，碧螺春最好，次则天池龙井，别的也可以，要紧的是煮茶的砂铫，杉木炭去皮，这都不大好找，水则泉水，但雨水也可以。东西齐备了，便着手来煎，这个火候最难，据说妙诀便在东坡的"蟹眼已过鱼眼生，飕飕欲作松风鸣"这两句诗里，照他的话来说是，"细沫徐起，是为蟹眼，少顷巨沫跳珠，是为鱼眼，时则微响初闻，则松风鸣也。自蟹眼时即出水一二匙，至松风鸣时复入之以止其沸，即下茶叶，大约铫水半斤，受叶二钱，少顷水再沸，如奔涛溅沫，而茶成矣"。西洋人茶里加牛奶与糖，我们看了觉得好笑，其实用花果点茶也只是五十步之差，震钧却又笑今人以沸汤瀹茗，全是苦涩，这批评也不无道理。我想只用瓦壶炭炉亦可试验，倘能成功，饮的方法大可改良一下，庶几不至于辜负了中国的名产，也是好的吧。

喝茶

鲁迅

　　某公司又在廉价了，去买了二两好茶叶，每两洋二角。开首泡了一壶，怕它冷得快，用棉袄包起来，却不料郑重其事地来喝的时候，味道竟和我一向喝着的粗茶差不多，颜色也很重浊。

　　我知道这是自己错误了，喝好茶，是要用盖碗的，于是用盖碗。果然，泡了之后，色清而味甘，微香而小苦，确是好茶叶。但这是须在静坐无为的时候的，当我正写着《吃教》的中途，拉来一喝，那好味道竟又不知不觉地滑过去，像喝着粗茶一样了。

　　有好茶喝，会喝好茶，是一种"清福"。不过要享这"清福"，首先就须有工夫，其次是练习出来的特别的感觉。由这一极琐屑的经验，我想，假使是一个使用筋力的工人，在喉干欲裂的时候，那么，即使给他龙井芽茶，珠兰窨片，恐怕他喝起来也未必觉得和热水有什么大区别罢。所谓"秋思"，其实也是这样的，骚人墨客，会觉得什么"悲哉秋之为气也"，风雨阴晴，都给他一种刺戟，一方面也就是一种"清福"，但在老农却只知道每年的此际，就要割稻而已。

　　于是有人以为这种细腻锐敏的感觉，当然不属于粗人，这是上等人的牌号。然而我恐怕也正是这牌号就要倒闭的先声。我们有痛觉，一方面是使我们受苦的，而一方面也使我们能够自卫。假如没有，则即使背上被人刺了一尖刀，也将茫无知觉，直到血尽倒地，自己还不明白为什么倒地。但这痛觉如果细腻锐敏起来呢，则不但衣服上有一根小刺就觉得，连衣服上的接缝，线结，布毛都要觉得，倘不穿"无缝天衣"，他便要终日如芒刺在身，活不下去了。但假装锐敏的，自然不在此例。

　　感觉的细腻和锐敏，较之麻木，那当然算是进步的然而以有助于生命的进化为限。如果不相干，甚而至于有碍，那就是进化中的病态，不久就要收梢。我们试将享清福，抱秋心的雅人，和破衣粗食的粗人一比较，就明白究竟是谁活得下去。喝过茶，望着秋天，我于是想：不识好茶，没有秋思，倒也罢了。

吃茶

周作人

　　鲁迅的抽纸烟是有名的，又说他爱吃糖，这在东京时却并不显著，但是他的吃茶可以一说。在老家里有一种习惯，草囤里加棉花套，中间一把大锡壶，满装开水，另外一只茶缸，泡上浓茶汁，随时可以倒取，掺和了喝，从早到晚没有缺乏。日本也喝清茶，但与西洋相仿，大抵在吃饭时用，或者有客到来，临时泡茶，没有整天预备着的。鲁迅用的是旧方法，随时要喝茶，要用开水，所以在他的房间里与别人不同，就是在三伏天，也还要火炉，这是一个炭钵，外有方形木匣，灰中放着铁的三脚架，以便安放开水壶。茶壶照例只是所谓"急须"，与潮汕人吃工夫茶所用的相仿，泡一壶只可供给两三个人各一杯罢了，因此屡次加水，不久淡了，便须换新茶叶。这里用得着别一只陶缸，那原来是倒茶脚用的，旧茶叶也就放在这里边，普通顿底饭碗大的容器内每天总是满满的一缸，有客人来的时候，还要临时去倒掉一次才行。所用的茶叶大抵是中等的绿茶，好的玉露以上，粗的番茶，他都不用，中间的有十文目，二十目，三十目几种，平常总是买的"二十目"，两角钱有四两罢，经他这吃法也就只够一星期而已。买"二十目"的茶叶，这在那时留学生中间，大概知道的人也是很少的。

喝茶记事

陈忠实

年轻时收入低微，常常为一家人衣食之大事犯愁，岂敢有品茶之类奢侈事。然而茶水毕竟还是喝过的，大多是别人礼让的，自然谈不上品牌、品位和品种，人家泡什么茶就喝什么茶，红茶绿茶花茶，叶儿的末儿的坨儿的以及刀劈斧斫的砖茶，品位等级不仅不能讲究，其实自己根本就不懂，再说也没有品茶的兴趣。

认真地自己买茶叶喝茶，有两回。有一年闹胃病，吃什么东西胃里都冒酸水，大口大口清亮亮的酸水冒将出来，喷到床下和桌下，几乎可以作为洒水息尘之用。发展到胃里开始有隐痛，去看医生。医生轻描淡写地说吃苞谷面高粱面太多了。我心里反倒加重了负担。这些粗粮是按比例配给的，而且看不出有减少的任何可能，不吃苞谷高粱，又到哪里找好果子吃？医生给弄了一大包酵母片，又赠送了一剂良方：回去熬砖茶喝，暖暖胃。我的手在口袋里揣摩了许久，还是花大约三毛票买下二两，先试试。那砖茶名副其实，硬如砖头，用刀劈下碎片，搁火炉上熬煮，倒出来竟是如同中药的颜色。然而喝起来毕竟是茶味，只是后味有些苦涩。这是我第一回花钱买奢侈品，当作医病的药用的。

再就有点雷同，仍然是医用。到新时期之初，生活初得改善，可以不再以杂粮为主，我的身体又引出了截然相反的变化，内火太盛。好东西吃多了热量增加了消耗不完，便聚积而生为火。这是一位中医先生当时剖析病因的诊断词。那火一生成，轻则牙疼，重则小便不畅，且有灼烧似的刺痛。医生给开了一些下火的药丸，又赠我一剂良方：回去常喝点绿茶，绿茶下火。医生是个善解人意的好人，居然指点说：你就买"陕青"喝，很便宜。我很感谢医生，更欣赏"很便宜"这话，所以说他善解人意。初得温饱的我们家，这回真正让我奢侈了一回。我专程赶到西安最大的一家国营茶叶专卖店，把所有货架上的货柜里的茶叶整个参观了一遍，才知道中国出产这么多品种的茶叶，有的价格高得不可思议。最后在货柜的比较冷僻的位置找到"陕青"，有不同价目的三档，我还是很切温饱"初"得的实际，选了中间一档的，八毛一市两，先买半斤试试，花钱四元。绿茶"陕青"只用开水冲泡，无须费火费劲去熬去煎，而且关键是效果不错，内火得到医治，很少再犯。这回仍是把茶当药用，岂敢说品。

不久，陕南的朋友来西安，便捎给我一包两包茶叶，仅从包装上看，都比我买的"陕青"阔气排场得多。茶叶的形状差异十分明显，一条一条有如羽毛，冲水之后便蓬勃起来，绿油油一朵初芽的茶叶，水色金黄透亮；不说砖茶，先前的"陕青"也相形见绌了。再细一问，曰：秦巴雾毫。友人热情而又自豪地吹捧家乡陕南特产，说这茶叶论质标价已与传统权威茶"龙井"齐价，说陕南是中国茶叶开发最早的地区，唐代陆羽所写的中国第一部茶叶专著《茶经》开篇就说，"茶者，南方之嘉木也，巴山峡川生焉"，"巴山峡川"

即指陕南的秦巴山地和汉水流域。然几千年来，这里的茶叶生产仍然处于原始状态，更无名茶。"秦巴雾毫"的研制成功，结束了茶叶诞生母地无名茶的历史。我也较早地品尝了，真是与以往的所有茶味迥然不同。及至一九八九年九月十日在《人民日报》上读到作家王蓬的报告文学《巴山茶痴》，我才得知"秦巴雾毫"的创造者名叫蔡如桂。

他为陕西第一个名茶的诞生，几乎耗尽了整个青春和心血，包括狱牢之苦。读罢使我默然无语，直觉得心闷气憋，这蔡如桂便哽在心头吐也吐不出来了。六七年后，我在汉中见了蔡如桂，竟是一条壮汉，年迈六旬，头发依然稠如乌鬓，走路雄壮威武，说话节奏极快，一身西装穿着却显不出挺括，倒像是一位管护茶园的农夫。早已喝过他培育的名茶，又从王蓬文章里了解了他的生命历程，所以一见便如故人。我说，你就那么简单地被弄进监狱去了？他淡淡地笑笑，就那么简单。我就觉得很无奈，把人简单随便地扔进监狱，扔者和被扔者之后都相安无事，除了无奈还能说什么。

现在我可以勉强地说进入品茶档次了，唯"秦巴雾毫"为最。在办公室在家中，在旅途在陌生的新地，捏一撮羽毛样的"秦巴雾毫"丢入茶杯，冲出淡淡的金色茶水，喝着品着，便有蔡如桂先生如影随形似的陪我聊天，由品茶而进入品读蔡如桂其人了。

蔡如桂，安徽人，安徽农业大学茶业系毕业后，分配到陕南秦岭和巴山里最偏僻最贫瘠的镇巴县，从二十几岁的小伙子到年届六旬的老汉，整整一生就在那个地方没有挪过一回窝儿，不是别人不给他挪，他压根就没有想过要挪窝儿。那窝里有茶园，是他安身立命的乐园。他终于把那些像晒晾柴草一样晾晒茶叶的农民教会炮制

精品茶叶了，他自己也创造出"秦巴雾毫"这样的名茶了。然而就是这样一个痴情茶叶发展的难得的人才，却被一个副县长执意而又随便地扔进监狱。事因太简单，副县长在干部会上号召乡民毁林开荒，扩大粮食种植面积。作为县人民代表大会代表的蔡如桂提醒说，国家森林法已法定了，你说的那些地带是不能开荒的。就这么一句话，就这么一句纠正副县长违犯国家森林法的话，他被这位副县长弄进监狱改造了近两年，在社会和民众的舆论压力下，才获释了。我总也不可理解，仅仅因为当众被伤了点面子的副县长，怎么会有如此大的毒劲，把一个为陕南茶叶事业奉献了毕生精力且卓有建树的人扔进监狱？

任何想在这个世界上成就一番事业的人，先天的智慧和后天的持之不懈的探求是必备的条件，吃苦与艰难，也是自不必说要必须经受的，非此就不会有重大发现和发明产生，这种精神准备也要十分充足。然而，蔡如桂怎么也不会想到，因为一句维护国家庄严法律的话而坐牢。坐了牢了，在初春时节茶叶冒尖的关键时刻，他要去指导茶农采摘和科学炮制，误了季节就误了一年的茶叶。他三番五次口头申诉又书面报告：我要去指导茶农采茶，可以派两个公安战士押解着我上山！我初读到这里便按捺不住心颤。后来许多年里，一边品着蔡如桂的茶叶，一边品读着他的行为和声音，成为医治我的懒惰和软弱的良方。

今年春天，新茶上市，蔡如桂以自己创办的茶叶公司老板的姿态赶到西安，推销今年的第一茬新茶，也带给我两包，打开即有一股幽幽的香气扑面而来。他又送我一本《茗饮之道》的书稿，是专讲品茶之道的雅著。不读不知自己的浅陋，读罢才知品茶的传统和现代功夫的深奥，鉴定自己其实比早年把茶当药用的水准并无什么长进，充其量只够喝茶的一般概念，离"品"的档次尚远。然而品也罢，喝也罢，只要有"秦巴雾毫"这样的好茶和蔡如桂那样对事业的痴情相伴，我已知足了。

青年烦闷的解救法

宗白华

现在中国有许多的青年，实处于一种很可注意的状态，就是对于旧学术、旧思想、旧信条都已失去了信仰，而新学术、新思想、新信条还没有获着，心界中突然产生了一种空虚，思想情绪没有着落，行为举措没有标准，搔首踟蹰，不知怎么才好，这就是普通所谓"青年的烦闷"。

这种青年烦闷的状态，以及由此状态产生的现象，如一方面对于一切怀疑，力求破坏。他方面，又对于一切武断，急求建设。思想没有定着，感情易于摇动，以及自杀逃走等等的事实，这本是向来"黎明运动"所常附带的现象，将来自然会趋于稳健创造的一途，为中国文化开一新纪元，就着过去历史上看来，本是很可喜的现象。但是，我们自己既遇着这种时期，陷入这种状态，就不得不自谋解救的方法，以求早入稳健创造的境地。

这解救的方法，本也不少。譬如建立新人生观、新信条等类。但这都还嫌纡远了一点，须有科学哲学的精神研究，不是一时可以普遍的。我们现在须要筹出几种"具体的方法"，将这方法传播给烦闷的青年，待他们自己应用这种方法去解救他们的苦闷。我现在本着我一时的观察，想了几条方法，写出来引动大众的讨论，希望还得着更周密完备的计划，以解决这青年烦闷的问题，则中国解放运动的前途，可以免了许多的危险和牺牲了。

（一）唯美的眼光

唯美的眼光，就是我们把世界上社会上各种现象，无论美的、丑的、可恶的、齷齪的、伟丽的自然生活，以及鄙俗的社会生活，都把它当作一种艺术品看待——艺术品中本有表写丑恶的现象的，因为我们观览一个艺术品的时候，小己的哀乐烦闷都已停止了，心中就得着一种安慰、一种宁静、一种精神界的愉乐。我们若把社会上可恶的事件当作一个艺术品观，我们的厌恶心就淡了；我们对于一种烦闷的事件做艺术的观察，我们的烦闷也就消了。所以，古时悲观的哲学家，就把人世，看做一半是"悲剧"，一半是"滑稽剧"，这虽是他悲观的人生观，但也正是他的艺术的眼光，为他自己解嘲。但我们却不必做这种消极的、悲观的人生观。我们要持纯粹的唯美主义，在一切丑的现象中看出它的美来，在一切无秩序的现象中看出它的秩序来，以减少我们厌恶烦恼的心思，排遣我们烦闷无聊的生活。

这还是消极的一方面说。积极的方面，也还有许多的好处：

（A）我们常时作艺术的观察，又常同艺术接近，我们就会渐渐地得着一种超小己的艺术人生观。这种艺术人生观就是把"人生生活"当作一种"艺术"看待，使它优美、丰富、有条理、有意义。总之，就是把我们的一生生活，当作一个艺术品似的创造。这种"艺术式的人生"，也同一个艺术品一样，是个很有价值、有意义的人生。有人说，诗人歌德（Goethe）的人生（life），比他的诗还有价

值，就是因为他的人生同一个高等艺术品一样，是很优美、很丰富、有意义、有价值的。

（B）我们持了唯美主义的人生观，消极方面可以减少小己的烦闷和痛苦，而积极的方面，又可以替社会提倡艺术的教育和艺术的创造。艺术教育，可以高尚社会人民的人格。艺术品是人类高等精神文化的表示，这两种的贡献，也就不算小的了。

总之，唯美主义，或艺术的人生观，可算得青年烦闷解救法之一种。

（二）研究的态度

怎样叫做研究的态度？当我们遇着一个困难或烦闷的事情的时候，我们不要就计较他对于切己的利害，以致引起感情的刺激、神经的昏乱，而平心静气，用研究的眼光，分析这事的原委、因果和真相，知这事有它的远因，近因，才会产生这不得不然的结果。我们对于这切己重大的事，就会同科学家对于一个自然对象一样，只有支配处置的手续，没有烦闷喜怒的感情了。

譬如现在的青年，对于社会上窳败的制度、政治上不良的现象，都用这种研究眼光去考察，不做一时的感情冲动，知道现在社会的黑暗罪恶是千百年来积渐而成，我们对它只当细筹改造的方法，不当抱盲目的悲观，或过激的愿望，那时，青年因政治社会而生的烦闷，一定可以减去不少。因这客观研究事实是不含痛苦的，是排遣烦闷的，而同时于事实上有极大的利益。

所以，研究的眼光和客观的观察，也是青年烦闷解救法的一种。

（三）积极的工作

我们人生的生活，本来就是"工作"。无工作的人生，是极无聊赖的人生，是极烦闷的人生。有许多青年的烦闷，就是为着没有正当适宜的工作而产生的。试看那些资本家的子弟，终日游荡，没有一个一定的工作，虽是生活无虑，总是烦闷得很，无聊得很，终日汲汲地寻找消遣排闷的方法。所以，我以为，正当的积极的"工作"，是青年解救烦闷与痛苦的最好方法。青年最危险的时候，就是完全没有工作的时候。这时候，最容易发生幻想、烦闷、悲观、无聊。

至于工作，有精神的、肉体的。这两种中任择一种，就可以解除青年的烦闷。但是，做精神工作的，不可不当附带做点肉体的工作，以维持他的健康。

以上是我一时的感想，粗略得很。不过想借此引起诸君对于这黎明运动时代青年最易发生烦闷的问题，稍稍注意，商量个周密的解救办法。

学会艺术的生活

丰子恺

原本我们初生入世的时候，最初并不提防到这世界是如此狭隘而使人窒息的。

我们虽然由儿童变成大人，然而我们这心灵是始终一贯的心灵，即依然是儿时的心灵，只不过经过许久的压抑，所有的怒放的、炽热的感情的萌芽，屡被磨折，不敢再发生罢了。这种感情的根，依旧深深地伏在做大人后的我们的心灵中。这就是"人生的苦闷"根源。我们谁都怀着这苦闷，我们总想发泄这苦闷，以求一次人生的畅快。艺术的境地，就是我们所开辟的、来发泄这生的苦闷的乐园。我们的身体被束缚于现实，匍匐在地上。然而我们在艺术的生活中，可以暂时放下我们的一切压迫与负担，解除我们平日处世的苦心，而做真的自己的生活，认识自己的奔放的生命。我们可以瞥见"无限"的姿态，可以体验人生的崇高、不朽，而发现生的意义与价值了。艺术教育，就是教人以这艺术的生活的。知识、道德，在人世间固然必要，然倘若缺乏这种艺术的生活，纯粹的知识与道德全是枯燥的法则的纲。这纲愈加繁多，人生愈加狭隘。

所谓艺术的生活，就是把创作艺术、鉴赏艺术的态度来应用在人生中，即教人在日常生活中看出艺术的情味来。倘能因艺术的修养，而得到了梦见这美丽世界的眼睛，我们所见的世界，就处处美丽，我们的生活就处处滋润了。

艺术教育就是教人用像作画、看画一样的态度来对世界；换言之，就是教人学做孩子，就是培养小孩子的这点"童心"，使他们长大以后永不泯灭。童心，在大人就是一种"趣味"。培养童心，就是涵养趣味。大人与孩子，分居两个不同的世界。儿童对于人生自然，另取一种特殊的态度，即对于人生自然的"绝缘"的看法。哲学地考察起来，"绝缘"的正是世界的"真相"，即艺术的世界正是真的世界。人类最初，天生是和平的、爱的。所以小孩子天生有艺术态度的基础。世间教育儿童的人，父母、老师，切不可斥儿童的痴呆，切不可把儿童大人化，宁可保留、培养他们的一点痴呆，直到成人以后。因为这痴呆就是童心。

童心，在大人就是一种"趣味"。培养童心，就是涵养趣味。小孩子的生活，全是趣味本位的生活。我所谓培养，就是做父母、做老师的人，应该乘机助长，修正他们的对于事物的看法。要处处离去因袭，不守传统，不照习惯，而培养其全新的、纯洁的"人"的心。对于世间事物，处处要教他用这个全新的纯洁的心来领受，或用这个全新的纯洁的心来批判选择而实行。

认识千古大谜的宇宙与人生的，便是这个心。得到人生的最高愉悦的，便是这个心。赤子之心。

孟子说："大人者，不失其赤子之心者也。"所谓赤子之心，就是孩子的本来的心，这心是从世外带来的，不是经过这世间的造作后的心。

明言之，就是要培养孩子的纯洁无疵、天真烂漫的真心，使成人之后，"不为物诱"，能主动地观察世间，矫正世间，不致被动地盲从这世间已成的习惯，而被世间结成的罗网所羁绊。

常人抚育孩子，到了渐渐成长，渐渐脱去其痴呆的童心而成为大人模样的时代，父母往往喜慰，实则这是最可悲哀的现状！因为这是尽行放失其赤子之心，而为现世的奴隶了。

快乐

蔡澜

又是牡丹的季节，荷兰来的当然很美，但当今运到的是新西兰产，又大又耐开，本来对新西兰印象不佳，为了牡丹，还是有点好感。

闲时到九龙太子道后的花墟走一走，永远是那么快乐的经验。附近又有雀鸟市场，是香港旅游重点之一。作为香港人的你，去过吗？

"这么多店铺，看得我眼花缭乱，去哪一间最好？"一位师奶问我。

"那要看你是选怎么样的花。"我回答。

"你呢？"她反问。

"我爱牡丹。"我说："花墟道48号的那家'卉丰'，是我最常去的，他们很肯进货。客人不会欣赏，认为牡丹太贵，店有很多盛开的卖不掉，新的一批照样下订单，不是自己爱花，做不到。"

"还有哪几家你常去的？"师奶问。

"逛花墟的乐趣不只是花，有时买买陶器也有很多选择，像太子道西180号的'乐天派'就有很多虞公的作品，曾氏兄弟两人，哥哥的佛像愈做愈美，弟弟的人物造型愈来愈有趣。我很看好这两兄弟，现在收藏他们的作品还很便宜，一定有价值。"

"还有什么和花不同的商店？"师奶问。

"卖各种生草药的'左记'也很有趣。"我说，"在太子道西202号，门口摆一个人头般大的根，叫石蝶。买个二两，加适量蜜枣用二十碗水煲六小时，剩十二碗左右，喝了可以排毒、治黑手甲、牛皮癣等病。"

"那些干的，浸在水中又像一朵鲜花的是什么东西？"师奶问。

"叫还魂草。"我说，"煲糖水很好喝，又能治支气管炎。"

见他店什么植物都卖，看到一小钵一小钵的含羞草，才卖五块港币。住在高楼大厦的儿童没看过，摸它一下，大叫："真的会含羞缩起来！"

我喜欢生命本来的样子，
我的生死观

有些人觉得我很狂妄，但事实上，我不是狂妄，我只是自信。而且，我在待人处事的时候，心态很谦虚的，所以我才能从孩子的身上，也吸收到很多营养。不管别人觉得我强大，还是不强大，我都从来没有想过：好了，到这里就够了，我已经很好了。不，在我的心里，学无止境，只要生命还没停止，我就会用一种更高的追求打碎自己，让自己继续成长。这当然也源于我的自信。

我最初的人生思索

冯骥才

大概是我九岁那年的晚秋，因为穿着很薄的衣服在院里跑着玩，跑得一身汗，又站在胡同口去看一个疯子，拍了风，病倒了。

病得还不轻呢！面颊烧得火辣辣的，脑袋晃晃悠悠，不想吃东西，怕光，尤其受不住别人嗡嗡出声地说话……

妈妈就在外屋给我架一张床，床前的茶几上摆了几瓶味苦难吃的药，还有与其恰恰相反、挺好吃的甜点心和一些很大的梨。妈妈用手绢遮在灯罩上，嗯，真好！灯光细密的针芒再不来逼刺我的眼睛了，同时把一些奇形怪状的影子映在四壁上。为什么精神颓萎的人竟贪享一般地感到昏暗才舒服呢？

我和妈妈住的那间房有扇门通着。该入睡时，妈妈披一条薄毯来问我还难受不，想吃什么。然后，她低下身来，用她很凉的前额抵一抵我的头，那垂下来的毯边的丝穗弄得我的肩膀怪痒的。"还有点烧，谢天谢地，好多了……"她说。在半明半暗的灯光里，妈妈朦胧而温柔的脸上现出爱抚和舒心的微笑。

最后，她扶我吃了药，给我盖了被子，就回屋去睡了。只剩下我自己了。

我一时睡不着，便胡思乱想起来。总想编个故事解解闷，但脑子里乱得很，好像一团乱线，抽不出一个可以清晰地思索下去的线头。白天留下的印象搅成一团：那个疯子可笑和可怕的样子总缠着我，不想不行；还有追猫呀，大笑呀，死蜻蜓呀，然后是哥哥打我，挨骂了，呕吐了，又是挨骂；鸡蛋汤冒着热气儿……穿白大褂的那个老头，拿着一个连在耳朵上的冰凉的小铁疙瘩，一个劲儿地在我胸脯上乱摁。后来我觉得脑子完全混乱，不听使唤，便什么也不去想，渐渐感到眼皮很重，昏沉沉中，觉得茶几上几只黄色的梨特别刺眼，灯光也讨厌得很，昏暗、无聊、没用，呆呆地照着。睡觉吧，我伸手把灯闭了。

黑了！霎时间好像一切都看不见了。怎么这么安静、这么舒服呀……

跟着，月光好像刚才一直在窗外窥探，此刻从没拉严的窗帘的缝隙里钻了进来，碰在药瓶上、瓷盘上、铜门把手上，散发出淡淡发蓝的幽光。远处一家作坊的机器有节奏地响着，不一会儿也停下来了。偶尔，从很远很远的地方传来货轮的鸣笛声，声音沉闷而悠长……

灯光怎么使生活显得这么狭小，它只照亮身边；而夜，黑黑的，却顿时把天地变得如此广阔、无限深长呢？

我那个年龄并不懂得这些。思索只是简单、即时和短距离的；忧愁和烦恼还从未乘着夜静和孤独悄悄爬进我的心里。我只觉得这黑夜中的天地神秘极了，浑然一气，深不可测，浩无际涯；我呢，这么小，无依无靠，孤孤单单；这黑洞洞的世界仿佛要吞掉我似的。这时，我感到身下的床没了，屋子没了，地面也没了，四处皆空，一切都无影无踪；自己恍惚悬在天上了，躺在软绵绵的云彩上……

周围那样旷阔，一片无穷无尽的透明的乌蓝色，这云也是乌蓝乌蓝的；远远近近还忽隐忽现地闪烁着星星般五光十色的亮点儿……

这天究竟有多大，它总得有个尽头呀！哪里是边？那个边的外面是什么？又有多大？再外边……难道它竟无边无际吗？相比之下，我们多么小。我们又是谁？这么活着，喘气，眨眼，我到底是谁呀！

我伸手摸摸自己的脸、鼻子、嘴唇，觉得陌生又离奇，挺怪似的……这究竟是怎么回事？

我是从哪儿来的？从前我在哪里？什么样子？我怎么成为现在这个我的？将来又怎么样？长大，像爸爸那么高，做事……再大，最后呢？老了，老了以后呢？这时我想起妈妈说过的一句话："谁都得老，都得死的。"

死？这是个多么熟悉的字眼呀！怎么以前我就从来没想过它意味着什么呢？死究竟意味着什么？像爷爷，像从前门口卖糖葫芦那个老婆婆，闭上眼，不能说话，一动不动，好似睡着了一样。可是大家哭得那么伤心。到底还是把他们埋在地下了。为什么要把他们埋起来？他们不就永远也不能说话，也不能动，永远躺在厚厚的土地下了？难道就因为他们死了吗？忽然，我感到一阵死的神秘、阴冷和可怕，觉得周身就仿佛散出凉气来。

于是，哥哥那本没皮儿的画报里脸上长毛的那个怪物出现了，跟着是白天那只死蜻蜓，随时想起来都吓人的鬼故事；跟着，胡同口的那个疯子朝我走来了……黑暗中，出现许多爷爷那样的眼睛，大大小小，紧闭着，眼皮还在鬼鬼祟祟地颤动着，好像要突然睁开，瞪起怕人的眼珠儿来……

我害怕了，已从将要入睡的懵懂中完全清醒过来了。我想——将来，我也要死的，也会被人埋在地下，这世界就不再有我了。我也就再不能像现在这样踢球呀，做游戏呀，捉蟋蟀呀，看马戏时吃那种特别酸的红果片呀……还有时去舅舅家看那个总关得严严实实的迷人的大黑柜，逗那条瘸腿狗，到那乱七八糟、杂物堆积的后院去翻找"宝贝"……而且再也不能"过年"了，那样地熬夜、拜年、放烟火、攒压岁钱；表哥把点着的鞭炮扔进鸡窝去，吓得鸡像鸟儿一样飞到半空中，乐得我喘不过气来；我们还瞒着妈妈去野坑边钓鱼，钓来一条又黄又丑的大鱼，给馋嘴的猫咪饱餐了一顿；下雨的晚上，和表哥躺在被窝里，看窗外打着亮闪，响着大雷……活着有多少快活的事，死了就完了。那时，表哥呢？妹妹呢？爸爸妈妈呢？他们都会死吗？他们知道吗？怎么也不害怕呀！我们能够不死吗？活着有多好！大家都好好活着，谁也不死。可是，可是不行啊……"谁都得老，都得死的。"死，这时就像拥有无限威力似的，而且严酷无情。在它面前，我那么无力，哀求也没用，大家都一样，只有顺从，听摆布，等着它最终的来临……想到这里，尤其是想到妈妈，我的心简直冷得发抖。

妈妈将来也会死吗？她比我大，会先老，先死的。她就再不能爱我了，不能像现在这样，脸挨着脸，搂我，亲我……她的笑，她的声音，她柔软而暖和的手，她整个人，在将来某一天就会一下子永远消失了吗？她会有多少话想说，却不能说，我也就永远无法听到了；她再看不见我，我的一切她也不再会知道。如果那时我有话要告诉她呢？到哪儿去找她？她也得被埋在地下吗？土地，坚硬、潮湿、冷冰冰的……我真怕极了。先是伤心、难过、流泪，而后愈想愈加心虚害怕，急得蹬起被子来。趁妈妈活着的时光，我要赶紧爱她，听她的话，不惹她生气，只做让大家和妈妈高兴的事。哪怕她还骂我，我也要爱她，快爱，多爱；我就要起来跑到她房里，紧

紧搂住她……

四周黑极了，这一切太怕人了。我要拉开灯，但抓不着灯线，慌乱的手碰到茶几上的药瓶。我便失声哭叫起来："妈妈，妈妈……"

灯忽然亮了。妈妈就站在床前。她莫名其妙地看着我："怎么，做噩梦了？别怕……孩子，别怕。"

她俯身又用前额抵一抵我的头。这回她的前额不凉，反而挺热的了。"好了，烧退了。"她宽心而温柔地笑着。

刚才的恐怖感还没离开我。这是怎么回事？我茫然地望着她，有种异样的感觉。一时，我很冲动，要去拥抱她，但只微微挺起胸脯，脑袋却像灌了铅似的沉重，刚刚离开枕头，又坠倒在床上。

"做什么？你刚好，当心再着凉。"她说着便坐在我床边，紧挨着我，安静地望着我，一直在微笑，并用她暖和的手抚弄我的脸颊和头发，"你刚才是不是做噩梦了？听你喊的声音好大哪！"

"不是，……我想了……将来，不，我……"我想把刚才所想的事情告诉妈妈，但不知为什么，竟然无法说出来。是不是担心说出来，她知道后也要害怕的。那是件多么可怕的事啊！

"得了，别说了，疯了一天了，快睡吧！明天病就全好了……"

昏暗的灯光静静地照着床前的药瓶、点心和黄色的梨，照着妈妈无言而含笑的脸。她拉着我的手，我便不由得把她的手握得紧紧的……

我再不敢想那些可怕又莫解的事了。但愿世界上根本没有那种事。

栖息在邻院大树上的乌鸦不知为何缘故，含糊不清地咕哝一阵子，又静下去了。被月光照得微明的窗帘上走过一只猫的影子。渐渐的，一切都静止了，模糊了，淡远了，融化了，变成一团无形的、流动的、软软而弥漫的烟。我不知不觉便睡着了。

　　一个深奥而难解的谜，从那个夜晚便悄悄留存在我的心里。后来我才知道，这是我最初在思索人生。

人生有何意义

胡适

一、答某君书

我细读来书，终觉得你不免作茧自缚。你自己去寻出一个本不成问题的问题，"人生有何意义？"其实这个问题是容易解答的。人生的意义全是各人自己寻出来、造出来的：高尚，卑劣，清贵，污浊，有用，无用……全靠自己的作为。生命本身不过是一件生物学的事实，有什么意义可说？生一个人与一只猫、一只狗，有什么分别？人生的意义不在于何以有生，而在于自己怎样生活。你若情愿把这六尺之躯葬送在白昼做梦之上，那就是你这一生的意义。你若发愤振作起来，决心去寻求生命的意义，去创造自己的生命的意义，那么，你活一日便有一日的意义，做一事便添一事的意义，生命无穷，生命的意义也无穷了。总之，生命本没有意义，你要能给它什么意义，它就有什么意义。与其终日冥想人生有何意义，不如试用此生做点有意义的事。

民国十七年一月廿七日

二、为人写扇子的话

知世如梦无所求，无所求心普空寂。还似梦中随梦境，成就河沙梦功德。

王荆公小诗一首，真是有得于佛法的话。认得人生如梦，故无所求。但无所求不是无为。人生固然不过一梦，但一生只有这一场做梦的机会，岂可不努力做一个轰轰烈烈像个样子的梦？岂可糊糊涂涂懵懵懂懂混过这几十年吗？

乐观

蔡澜

坐上的士，阵阵香味传来。

"怎么你的姜花没枝没叶，是一整扎的？"我看到冷气口挂的花。

"哦，"司机大佬说，"我住在荃湾，那边的花档把卖不出去的姜花折了下来，反正要扔掉，不如用锡纸包好，才两三块钱一束。卖的人高兴，买的人也高兴。"

又看到车头有些小摆设："车是你自己的，所以照顾得那么好？"

"刚刚供的。"司机说，"从前租车的时候，我也照样摆花摆公仔。"

"要供多久？"

"十六年。"他并不觉得很长。

"生意差了，有没有影响？"言下之意，是做得够不够付分期。

"努力一点，"他说，"怎么样也足够，总之不会饿死。"

"你很乐观。"我说，"近年来一坐上的士，都是怨声载道。"

"不是乐不乐观，"他说，"总得活下去，怨也活下去，不怨也活下去，不如不怨的好。怨多了，人快老。"

"你不是的士司机，是哲学家。"我笑了，看到车头有个小观音像，又问："你信观音，所以看得那么开？"

"一个乘客丢在车上，我捡到了就用胶水把它粘在这，我不是信教，我只是觉得好看，没有其他原因。"

"你们这一行的，大家都说客人少了很多。"我说。

"很奇怪，"他说，"我不觉得，大概想通了，运气跟着好，像我载你之前，刚接了一单，客人一下车，即刻有生意做。"运气好也不会好到这么厉害吧？到家，我付了钱，邻居走出大门，截住，上了他的车。

快活得要飞了

老舍

从二十八岁起练习写作，至今已有整十二年。在这十二年里，有三次真的快活——快活得连话也说不出，心里笑而泪在眼圈中。第一次是看到自己的第一本书印了出来。几个月的心血，满稿纸的勾抹点画，忽然变成一本很齐整的小书！每个铅字都静静的，黑黑的，在那儿排立着，一定与我无关，而又颇面善！生命的一部分变成了一本书！我与它似乎并没有多大关系，因为我决不会排字与钉书，或像产生小孩似的从身体里降落下八开本或十二开本。可是，我又与它极有关系，像我的耳目口鼻那样绝属于我自己，丑俊大小都没法再改，而自己的鼻子虽歪，也要对镜找出它的美点来呀！

第二次是当我的小女刚学会走路的时候，我离家两三天；回来，我刚一进门，她便晃晃悠悠地走来了，抱住我的腿不放。她没说什么——事实上她还没学会多少话；我也无言——我的话太多了，所以反倒不知说什么好。默默地，我与她都表现了父与女所能有的亲热与快乐。

第三次是在汉口，全国文艺界抗敌协会开筹备会的那一天。未到汉口之前，我一向不大出门，所以见到文艺界朋友的机会就很少。

这次，一会到便是几十位！他们的笔名，我知道；他们的作品，我读过。今天，我看了他们的脸，握了他们的手。笔名，著作，写家，一齐联系起来，我仿佛是看着许多的星，哪一颗都在样子上差不多，可是都自成一个世界。这些小世界里的人物的创造者，和咱们这世界里的读众的崇拜者，就是坐在我面前的这些人！

可是，这还不足使我狂喜。几十个人都说了话，每个人的话都是那么坦白诚恳，啊，这才到了我喜得落泪的时候。这些人，每个人有他特别的脾气，独具的见解，个人的爱恶，特有的作风。因此，在平日他们就很难免除自是与自傲。自己的努力使每个人孤高自赏，自己的成就产生了自信；文人相轻，与其说是一点毛病，还不如说是因努力而自信的必然结果。可是，这一天，得见大家的脸，听到大家的话。在他们的脸上，我找到了为国家为民族的悲愤；在他们的话中，我听出团结与互助的消息。在国旗前，他低首降心，自认藐小；把平日个人的自是改为团结的信赖，把平日个人的好尚改作共同的爱恶——全民族的爱恶。在这种情感中，大家亲爱地握手，不客气地说出彼此的短长，真诚演为谅解。这是何等的胸襟与气度呢！

在全部的中国史里，要找到与这类似的事实，恐怕很不容易吧？因为在没有认清文艺是民族的呼声以前，文人只能为自己道出苦情，或进一步而嗟悼——是嗟悼！——国破家亡；把自己放在团体里充一名战士，去复兴民族，维护正义，是万难做到的。今天，我们都做到了这个，因为新文艺是国民革命中产生出的，文艺者根本是革命的号兵与旗手。他们今日的集合，排成队伍，绝不是偶然的。这不是乌合之众，而是战士归营，各具杀敌的决心，以待一齐杀出。这么着，也只有这么着，我们才足以自证是时代的儿女，把民族复兴作为共同的意志与信仰，把个人的一切放在团体里去，在全民族抗敌的肉长城前有我们的一座笔阵。这还不该欣喜么？

我等着，等到开大会的那一天，我想我是会乐疯了的！

惟其是脆嫩

林徽因

　　活在这非常富于刺激性的年头里，我敢喘一口气说，我相信一定有多数人成天里为观察听闻到的，牵动了神经，从跳动而有血裹着的心底下累积起各种的情感，直冲出嗓子，逼成了语言到舌头上来。这自然丰富的累积，有时更会倾溢出少数人的唇舌，再奔进到笔尖上，另具形式变成在白纸上驰骋的文字。这种文字便全是我们这个时代的出产，大家该千万珍视它！

　　现在，无论在哪里，假如有一个或多种的机会，我们能把许多这种自然触发出来的文字，交出给同时代的大众见面，因而或能激动起更多方面，更复杂的情感，和由这情感而形成更多方式的文字；一直造成了一大片丰富而且有力的创作的田壤，森林，江山……产生结结实实的我们这个时代特有的表情和文章；我们该不该诚恳地注意到这机会或能造出的事业，各人将各人的一点点心血献出来尝试？

　　假使，这里又有了机会联聚起许多人，为要介绍许多方面的文字，更进而研讨文章的质的方面；或指出已往文章的历程，或讲究到各种文章上比较的问题，继而无形地讲究到程度和标准等问题，

我又敢相信，在这种景况下定会发生更严重鼓励写作的主动力。使创作界增加问题，或许。惟其是增加了问题，才助益到创造界的活泼和健康。文艺绝不是蓬勃丛生的杂草。

我们可否直爽地承认一桩事？创作的鼓动时常要靠着刊物把它的成绩布散出去吹风，晒太阳，和时代的读者把晤的。被风吹冷了，太阳晒萎了，固常有的事。被读者所欢迎，所冷淡，或误会，或同情，归根应该都是激励创造力的药剂！至于，一来就高举趾，二来就气馁的作者，每个时代都免不了有他们起落踪迹。这个与创作界主体的展动只成枝节问题。哪一个创作兴旺的时代缺得了介绍散布作品的刊物，同那或能同情，或不了解的读众？

创作品是不能不与时代见面的，虽然作者的名姓则并不一定。伟大作品没有和本时代见面，而被他时代发现珍视的固然有，但也只是偶然例外的事。

希腊悲剧是在几万人前面唱演的，莎士比亚的戏更是街头巷尾的粗人都看得到的。到有刊物时代的欧洲，更不用说，一首诗文出来人人争买着看，就是中国在印刷艰难的时候，也是什么"传诵一时"；什么"人手一抄"……

创作的主力固在心底，但逼迫着这只有时间性的情绪语言而留它在空间里的，却常是刊物这一类的鼓励和努力所促成。

现走遍人间是能刺激起创作的主力。尤其在中国，这种日子，那一副眼睛看到了些什么，舌头底下不立刻紧急地想说话，乃至于歌泣！如果创作界仍然有点消沉寂寞的话——努力的少，尝试的稀罕——那或是别的缘故而使然。

我们问：能鼓励创作界的活跃性的是些什么？刊物是否可以救济这消沉的？努力过刊物的诞生的人们，一定知道刊物又时常会因为别的复杂原因而夭折的。它常是极脆嫩的孩儿……那么有创作冲动的笔锋努力于刊物的手臂，此刻何不联在一起，再来一次合作，逼着创造界又挺出一个新鲜的萌芽！管它将来能不能成田壤，成森林，成江山，一个萌芽是一个萌芽。

脆嫩？惟其是脆嫩，我们大家才更要来爱护它。

这时代是我们特有的，结果我们单有情感而没有表现这情绪的艺术，眼看着后代人笑我们是黑暗时代的哑子，没有艺术，没有文章，乃至于怀疑到我们有没有情感！

回头再看到祖宗传留下那神气的衣钵，怎不觉得惭愧！说世乱，杜老头子过的是什么日子！辛稼轩当日的愤慨当使我们同情！……何必诉，诉不完。

难道现在我们这时代没有形形色色的人物，喜剧悲剧般的人生作题？难道我们现时没有美丽，没有风雅，没有丑陋、恐慌，没有感慨，没有希望？！难道连经这些天灾战祸我们都不会描述，身受这许多刺骨的辱痛，我们都不会愤慨高歌迸出一缕滚沸的血流？！

难道我们真麻木了不成？难道我们这时代的语辞真贫穷得不能达意？难道我们这时代真没有学问真没有文章？！朋友们努力挺出一根活的萌芽来，记着这个时代是我们的。

交流·理解·信任·贴近

史铁生

　　若有一个或几个知心的好友来聊天儿，便如节日一般，无心再弯腰弓背地去写什么小说。前者比后者有趣且有味得多。"花间一壶酒"的时候少，陋室之中几碗打卤面的时候多；各自捧了碗寻定位置，都把面条吸得震响，且吃且聊，谈着自己的快乐，诉着自己的悲哀，也说些不着边际的梦想，再很现实地续一碗面并叹一口气。其时窗外若再飘着冷雨，或刮着北风，便更其感到生活得不算孤独，仿佛处处有着依靠。斯是陋室，有心灵的交流、理解、信任、贴近，无仙自灵，得了大享受。

　　便想，写小说也无非是为了这个吧。大家同生于此世间，难免有快乐要与人同享，有哀伤要靠朋友分担，有心愿想求理解，有问题需一起探讨，还有无解的困境弄出的牢骚与叹息。倘有一位甘心的听众，虽不见得能替你解决什么，那牢骚与叹息也会因为有了反应，而不再沉重地压着一颗孤心。（所以西方的精神病科大夫的治病手段，主要是耐心倾听病者的诉说——此乃题外话，但似乎证明医人精神的方法大致相同：要不得教训和强制，要的是交流、理解、信任、贴近。而治病与小说的不同，在于前者是一方治，一方被治，后者是写者与读者同得上述好处。）

　　窗外的冷雨和北风有什么用呢？——那是世事艰辛的象征，与陋室中的信任、理解恰成对比，人们便更感到世间最可珍贵的是什么。教堂的穹顶何以建得那般恐吓威严？教堂的音乐何以那般凝重肃穆？大约是为了让人清醒，知道自身的渺小，知道生之严峻，于是人们才渴望携起手来，心心相印，互成依靠。孤身一人势必活得惶恐无措。

　　这至少也是小说的目的之一吧。为了让人思索自身的渺小，生活的严峻，历史的艰难。（没有哪一个人是彻底的坏蛋，也没有哪一个人是绝对的英雄——当然这不是用着法律的逻辑。因为辉煌的历史是群众创造，悲哀的历史也是一样，一切都决定于当时人类认识水平的局限。找出一两个罪人易，重要的是如何使罪人无从出现。）于是，人类本当团结，争名夺利成为可笑，自相残杀成为可耻，大家携手去寻生路。于是理解、信任成为美德，心灵的贴近生出崇高的美感。于是人与人之间需要真诚交流，小说才算有了用处。

　　只是这交流需要广泛，才在好友聊天后有了写小说的愿望。如有荣誉，就不全是作者的，因为必要靠着读者、编者的理解和劳动。如受冷落，作者当无怨言，缘在自己无能。

我已经七十五岁了，我还有理想

冯骥才

"答谢"这两个字是我们中国人经常挂在嘴边的，我不知道该怎么用谢谢来表达我这一刻心里沉甸甸的、对每一位的真情厚意。很美好的感觉。一些著名的艺术家、我很尊敬的艺术家，都是有思想的人。我们坐在一起，大家向我送雕塑、送画，对我说了那么多好话，有点像个庆功会了，我怎么表达？很难表达出心里的东西，心里的东西还是放在心里最好。德国艺术家这么好的画，美林这么好的雕塑，铁凝这么知己的话。几十年的朋友了，她的讲话，是用心来体会我所做的事情、我的想法，我很感动。朋友之间就是知己，朋友的价值就是他理解你，真正理解你的想法和你所做的事情。

我是一个跨时代的人，我身上时代的东西太多。王蒙说，他身上充满了政治的历史和历史的政治。我跟他有一点儿不同，我太多地对时代干预，当然，我也太多地受到了时代对我的人生和命运的干预。我是一个历史和时代的亲历者、参与者和记录者。在这个时代和社会发生巨大转型的时候，我投入了文学。当文化发生转型的时候，我投身到文化。

我对这块土地上的人感情太深了，所以我的文学更关注普通小人物的命运。我记得八十年代末九十年代初的时候，俄罗斯作家、《这里的黎明静悄悄》作者鲍里斯·瓦西里耶夫，托《光明日报》记者给我带来一个信儿，说他对我关切小人物的命运表示敬意。是，我是关切小人物，恐怕也是因为对这块土地的人民的文化太关切了。由于民间文化是人民的文化，所以当大地上的文化遭遇冲击、风雨飘摇的时候，大量的传承人几乎艺绝人亡的时候，我们一定要伸以援手。这都是情不自禁的。

我今年七十五岁了，人的年龄就像大自然的四季一样，往往不知不觉就进入了下一个季节。你还觉得自己是中年人，可年龄上你已经是老年人了。这个时候我们必须要做的事情，就是总结自己，我们要活得明白。尤其是知识分子。知识分子是天生背负着使命到这世界上来的。他就得追求纯粹，他就得洁身自好，他就是理想主义者，他当然也是唯美主义者。我觉得这就是知识分子。到了这个年龄一定要总结自己。

我刚才说，今天的会有点庆功的气氛。冯骥才是不是要给自己树碑立传了？是不是他要享受一点马斯洛说的那种成就感？我想，冯骥才还不至于这么无聊。我更希望的是对自己做一个总结。

我的文学，我所写的这几百万字究竟怎样？五年前，我在北京办了一个展览，叫做"四驾马车"，它是我从事的四个方面的工作：文学、绘画、文化遗产保护和教育。我说，不是四匹马拉着我，是我拉着四驾马车。这四驾马车，哪一驾马车我到今天都没有放手，因为它们都走进了我的生命，我放不开。我知道我的事业只有生命能给它画上句号，我没有权力画句号。

可是，我现在有一个问题。今年我到西安去，想沿着丝路，从西安走到麦积山，再走到河西走廊。我想看希腊化的犍陀罗佛教造

像，经过塔克拉玛干沙漠的南道北道，穿过河西走廊，再进入中原的一个渐变的中国化的过程。我必须要去一趟麦积山，但是我走到彬县的唐代大佛寺，去年被评上世界文化遗产的地方，我发现一个问题，高的台阶我上不去了。我的同行者说，冯骥才，照这么看，麦积山你绝对上不去。

是的，近两年我跑田野的时间少了，不知不觉在书斋的时间长了，于是我的文学冒出来了。所以我这两年写了四部非虚构的作品，包括我写韩美林的一部口述史。我还写了一部文化随笔《意大利读画记》，一部小说《俗世奇人·贰》，总共六部文学作品。媒体说了，冯骥才转型了，掉头回到了文学。是不是我真要回到文学了？我不知道。文学和文化遗产对于今天的我孰轻孰重，我希望大家帮着我思考。

文化遗产抢救不是冯骥才一个人做的，是我们一代人做的。我们在九十年代抢救天津地方的城市文化；进入新世纪初，我们这一批学者发誓要对中国九百六十万平方公里五十六个民族的一切民间文化进行地毯式的、盘清家底的普查。这第一批学者当时很年轻，现在都有点老了，潘鲁生、乔晓光、樊宇、曹保明、刘铁梁，这批专家都有点老了。乌丙安老师今年九十岁了，他来了我很感动，我们十几年前一起爬到了晋中后沟村的山顶上。二〇一五年我邀请了这些专家，重新在后沟村聚一聚，我们聚一聚干什么，只是重温昨天吗？不是，我们要找回当年的状态。

我希望找到八十年代对文学的激情，我希望找到我们对文化的那种心中的圣火，找出知识分子的那种纯粹感，找出我们内心的纯洁。当时我写了一篇文章，里面有一句话，我说："人最有力量的是背上的脊梁，知识分子是脊梁中间那块骨头。"

我们做的事情是前无古人的。我们的精英文化有《四库全书》做过整理。但是,我们七千年以上农耕文明历史的大地上创造的多彩灿烂的文化从来没做过整理。这些文化大多数我们不知道。在普查时我说过一句话: "对大地上的民间文化,我们不知道的远远比我们知道的多得多,无论你是多大的一个学者,都是一样。"可是我们在做这样的文化调查的时候,没有任何依据。前人没有给我们留下经验,在世界上也找不到可以借鉴的方法,没有一个国家做过这样的事情。只有法国人,马尔罗做文化部长的时候,他做过法国的文化普查,但不是民间文化普查,他基本是文物普查。所以我们做的事情是没有依据的,全要靠我们创造的,概念要创造,方法要创造,标准要创造,理论要创造,思想要创造。尤其是思想。

支持我们的是思想。

我特别觉得这三个词儿好: 先觉、先倡、先行。这三个概念里边都有先。你凭什么先觉?你凭思想先觉。大学又是一个能够静下来思考的地方,所以我把一部分精力还要放在上面,还要思考。和大家一起思考。思考未来,思辨现在,反思过去。反思我们的工作,也反思自己。

我已经七十五岁了,我还有理想。

在对我进行总结时,我求助于你们,你们是我的镜子,你们将影响我今后的选择。

因此又回到刚开始那句关于"谢谢"的话题,我想大家都知道我这句话在我心里的分量了。所以我真心地、由衷地向大家致谢。

佛无灵

我家的房子——缘缘堂——于去冬吾乡失守时被敌寇的烧夷弹
焚毁了。我率全眷避地萍乡，一两个月后才知道这消息。当时避居
上海的同乡某君作诗以吊，内有句云："见语缘缘堂亦毁，众生浩
劫佛无灵。"

第二句下面注明这是我的老姑母的话。我的老姑母今年七十余
岁，我出亡时苦劝她同行，未蒙允许，至今尚在失地中。五年前缘
缘堂创造的时候，她老人家镇日拿了史的克在基地上代为擘画，在
工场中代为巡视，三寸长的小脚常常遍染了泥污而回到老房子里来
吃饭。如今看它被焚，怪不得要伤心，而叹"佛无灵"。最近她有
信来（托人带到上海友人处，转寄到桂林来的），末了说："缘缘
堂虽已全毁，但烟囱尚完好，矗立于瓦砾场中。此是火食不断之象，
将来还可做人家。"

缘缘堂烧了是"佛无灵"之故。这句话出于老姑母之口，入于
某君之诗，原也平常。但我却有些反感：不是指摘某君思想不对，
也不是批评老姑母话语说错，实在是慨叹一般人对于"佛"的误解。

228

因为某君和老姑母并不信佛，他们是一般按照所谓信佛的人的心理而说这话的。

我十年前曾从弘一法师学佛，并且吃素。于是一般所谓"信佛"的人就称我为居士，引我为同志。因此我得交接不少所谓"信佛"的人。但是，十年以来，这些人我早已看厌了。有时我真懊悔自己吃素，我不屑与他们为伍。（我受先父遗传，平生不吃肉类。故我的吃素半是生理关系。我的儿女中有二人也是生理的吃素，吃下荤腥去要呕吐。但那些人以为我们同他们一样，为求利而吃素。同他们辩，他们还以为客气，真是冤枉。所以我有时懊悔自己吃素，被他们引为同志。）

因为这班人多数自私自利，丑态可掬。非但完全不解佛的广大慈悲的精神，其利我自私之欲且比所谓不信佛的人深得多！他们的念佛吃素，全为求私人的幸福，好比商人拿本钱去求利，又好比敌国的俘虏背弃了他们的伙伴，向我军官跪喊"老爷饶命"，以求我军的优待一样。信佛为求人生幸福，我绝不反对。但是，只求自己一人一家的幸福而不顾他人，我瞧他不起。得了些小便宜就津津乐道，引为佛佑（抗战期中，靠念佛而得平安逃难者，时有所闻）；受了些小损失就怨天尤人，叹"佛无灵"，真是"阿弥陀佛，罪过罪过！"。他们平日都吃素，放生，念佛，诵经。但他们的吃一天素，希望得到比吃十天鱼肉更大的报酬。他们放一条蛇，希望活一百岁。他们念佛诵经，希望个个字变成金钱。这些人从佛堂里散出来，说的统是果报：某人长年吃素，邻家都烧光了，他家毫无损失；某人念《金刚经》，强盗洗劫时独不抢他的；某人无子，信佛后一索得男；某人痔疮发，念了"大慈大悲观世音菩萨"，痔疮立

刻断根……此外没有一句真正关于佛法的话。

这完全是同佛做买卖，靠佛图利，吃佛饭。这真是所谓："群居终日，言不及义，好行小惠，难矣哉！"我也曾吃素。但我认为吃素吃荤真是小事，无关大体。我曾作《护生画集》，劝人戒杀。但我的护生之旨是护心（其义见该书马序），不杀蚂蚁非为爱惜蚂蚁之命，乃为爱护自己的心，使勿养成残忍。顽童无端一脚踏死群蚁，此心放大起来，就可以坐了飞机拿炸弹来轰炸市区。故残忍心不可不戒。因为所惜非动物本身，故用"仁术"来掩耳盗铃，是无伤的。我所谓吃荤吃素无关大体，意思就在于此。浅见的人，执着小体，斤斤计较：洋蜡烛用兽脂做，故不宜点；猫要吃老鼠，故不宜养；没有雄鸡交合而生的蛋可以吃得……这样地钻进牛角尖里去，真是可笑。若不顾小失大，能以爱物之心爱人，原也无妨，让他们钻进牛角尖里去碰钉子吧。但这些人往往自私自利，有我无人；又往往以此做买卖，以此图利，靠此吃饭，亵渎佛法，非常可恶。这些人简直是一种疯子，一种惹人讨嫌的人。所以我瞧他们不起，我懊悔自己吃素，我不屑与他们为伍。

真是信佛，应该理解佛陀四大皆空之义，而摒除私利；应该体会佛陀的物我一体，广大慈悲之心，而护爱群生。至少，也应知道亲亲而仁民、仁民而爱物之道。爱物并非爱惜物的本身，乃是爱人的一种基本练习。不然，就是"今恩足以及禽兽而功不至于百姓"的齐宣王。上述这些人，对物则慅慅爱惜，对人间痛痒无关，已经是循流忘源，见小失大，本末颠倒的了。再加之于自己唯利是图，这真是此间一等愚痴的人，不应该称为"佛徒"，应该称之为"反佛徒"。

　　因为这种人世间很多，所以我的老姑母看见我的房子被烧了，要说"佛无灵"的话，所以某君要把这话收录诗中。这种人大概是想我曾经吃素，曾经作《护生画集》；这是一笔大本钱；拿这笔大本钱同佛做买卖所获的利，至少应该是别人的房子都烧了而我的房子毫无损失。便宜一点，应该是我不必逃避，而敌人的炸弹会避开我；或竟是我做汉奸发财，再添造几间新房子和妻子享用，正规军都不得罪我。

　　今我没有得到这些利益，只落得家破人亡（流亡也），全家十口飘零在五千里外，在他们看来，这笔生意大蚀其本！这个佛太不讲公平交易，安得不骂"无灵"？

　　我也来同佛做买卖吧！但我的生意经和他们不同：我以为我这次买卖并不蚀本，且大得其利，佛毕竟是有灵的。人生求利益，谋幸福，无非为了要活，为了"生"。但我们还要求比"生"更贵重的一种东西，就是古人所谓"所欲有甚于生者"。这东西是什么？平日难于说定，现在很容易说出，就是"不做亡国奴"，就是"抗敌救国"。与其不得这东西而生，宁愿得这东西而死。因为这东西比"生"更为贵重。

　　现在佛已把这宗最贵重的货物交付我了。我这买卖岂非大得其利？房子不过是"生"的一种附饰而已，我得了比"生"更贵的货物，失了"生"的一件小小的附饰，有什么可惜呢？我便宜了！佛毕竟是有灵的。叶圣陶先生的《抗战周年随笔》中说："……我在苏州的家屋至今没有毁。我并不因为它没有毁而感到欢喜。我希望它被我们游击队的枪弹打得七穿八洞，我希望它被我们正规军队的大炮轰得尸骨无存，我甚而至于希望它被逃命无从的寇军烧个干干

231

净净。"他的房子，听说建成才两年，而且比我的好。他如此不惜，一定也获得那样比房子更贵重的东西在那里。但他并不吃素，并不作《护生画集》，即他没有下过那种本钱。佛对于没有本钱的人，也把贵重货物交付他。这样看来，对佛做买卖这种本钱是没有用的。毕竟，对佛是不可做买卖的。

超越死亡

蔡澜

多年前的《国际先驱报》报道了一则新闻：在法国尼斯，有一个叫狄米雪的女人，嫁了一个已经死去的情侣。

法律允许吗？答案是肯定的。

在一九五九年，法国南部的水坝爆裂，洪水淹没了整个城市，数百人死去。当年的总统戴高乐去灾场巡视时，有个女的向他哀求，要嫁给已经安排好婚礼的死者。

"我答应你，小姐，我会记得你的。"戴高乐说。

很快地，国会立出一条新法，承认那位小姐的婚礼。之后，有很多失去情侣的人都向政府申请结婚。

但是法律是有限制的：第一，和死人举行婚礼者，必得将要求寄给法国总统；第二，要是总统考虑，就会将请求交到律政司处理；第三，由律政司又交到管辖申请者的地方官；第四，地方官会约见死者的亲属，要是不反对的话，案件才算受理。地方官审核之后再把案件一关过一关；最后交到总统手上，一切没问题，总统才会正式签字批准。

尼斯的狄米雪经过正式申请，于二〇〇三年得到准证。她等

至二〇〇四年二月十日才和死去情人结婚，因为这是丈夫的三十岁生日。

婚礼上，狄米雪没有穿白色婚纱，一整套的黑西装，像杜鲁福电影《穿黑色的新娘》，坐在镶金箔框的椅子上。旁边的，是一张空凳。丈母娘在后面观礼。地点在地方官署，教堂还是不能接受的。

婚礼后，新娘就冠上了丈夫的姓氏，但财产是不能分的。为了防止有人觊觎财产，法律把这个漏洞也塞住了。

当然，如果未完成婚礼之前男的去世，但女的已怀了孕，又另当别论，不过也要经过遗传基因的分析吧？

这则新闻很感人，特此记载。最后狄米雪快乐地把丈夫的骨灰放在床边，她说："我已经把死亡也超越了。"

我不是狂妄，我只是自信

雪漠

　　小时候的我，心常常像无云晴空，没有什么杂念，澄明如镜。有时，我还能直观地看到自己的未来。我总是知道，什么时候该怎么做，以后会怎么样，等等。这不像是观想，也不像推理，而像是看到，就像你看到一朵花，看到一片云那样。后来我才知道，消除分别心时，就可能激活一种人类本有的智慧。

　　小时候，我的记忆力也很好。那时家里常来人，客人总爱讲故事，我就会记下复述。我一复述，爹就会憨憨地、赞许地对我笑。在很长一段时间里，爹的笑，是对我最大的鼓励。也是因为他的笑，我一直都很自信。

　　有些孩子之所以没有自信，或许就因为，他在童年时得不到父母的认可，而且老是被父母拿来跟其他孩子做比较。父母是孩子最信任的人，如果连父母都觉得他一无是处，他就会对自己缺乏信心，一旦受到外界的质疑，他就容易怀疑自己。这种孩子很可怜，因为他们常会缺乏一种勇气，显得有些懦弱，在机遇或是挑战面前，容易退缩。这样，他们是很难改变命运，或是实现梦想的。因为实现梦想的路不好走，每一个追求梦想的人，除了要有明确的方向，要

235

懂得取舍，而且耐得住寂寞之外，还得有自信，要经得起别人的嘲笑，也要经得起别人的质疑。在我成长的过程中，有很长一段时间，质疑我、嘲笑我的人，都远远多于鼓励我、支持我的人。人们总是觉得，我一个农村的孩子，是不可能成为大作家的，而且，我直到二十五岁，才写出像样的作品。之前的那些年，我一直都在练笔，外相上，也显得很潦倒。这时，要是没有强大的自信和意志力，是很难走下去的。一些孩子有他优秀的地方，却一直很自卑，无论如何都没有办法相信自己，这会给他的成长设置很大的障碍，让他多了很多莫名其妙的心理压力。当然，过于自信，以至于自负也不好，因为自负的人容易刚愎自用，听不进别人的忠告。别人的忠告，不一定全都对，但也不一定全都错，能让自己成长的，吸收一点营养也无妨，关键是刚愎自用的心态不好，这样的人眼界很窄，到了一定的程度，就很难再往上成长了。

有些人觉得我很狂妄，但事实上，我不是狂妄，我只是自信。而且，我在待人处事的时候，心态很谦虚的，所以我才能从孩子的身上，也吸收到很多营养。不管别人觉得我强大，还是不强大，我都从来没有想过：好了，到这里就够了，我已经很好了。不，在我的心里，学无止境，只要生命还没停止，我就会用一种更高的追求打碎自己，让自己继续成长。这当然也源于我的自信。

所以，即使童年时很穷，我也觉得自己很幸运，因为我的父母有着很好的品质，也给了我一种自由宽松的家庭氛围，让我能自由、自信地成长。这一点对我很重要，所以我一直认为，他们是上天赐给我的第一份重要礼物，没有他们的鼓励和支持，就没有今天的我。

「晚安，我的小猫。」